ROBERT A. HEINLEIN
羅伯特・A・海萊因　　吳鴻 譯

夏之門

THE DOOR INTO SUMMER

目錄

獻給A．P與菲利斯，
米克與安妮特，
以及所有愛貓的人。

5

一

那場六週戰爭前不久的有一年冬天，我和我的雄貓，審判官佩特羅尼烏斯住在康乃迪克州一幢老舊的農舍裡。我不知道那房子現在還在不在，因為當地靠近曼哈頓轟炸區的邊緣，而那種老式木造房子就像衛生紙一樣易燃。即使房子還沒倒，因為輻射落塵的關係，也不是能租的房子，但佩特和我當時很卻喜歡它。那房子沒有排水管線，因此租金便宜，而且從前當成餐廳的房間有良好的北面採光，很適合我的製圖工作。

缺點是，那地方有十一扇通往外面的門。

如果連佩特的門也算，那就有十二扇。我總是想辦法為佩特準備一扇他自己的門——那棟屋子有間沒用到的臥室，我在窗子上裝了塊木板，切出一個貓洞，寬度剛好能讓佩特的貓鬚通過。我這輩子已經花了太多時間幫貓開門——我曾經算過，自從人類文明初現，九萬七千八百年的人類時間就是這麼用掉的。我可以算給你看。

佩特通常會走他自己的門，不過有時候他也可能逼我幫他開一扇給人走的門，而他比較喜歡這樣。可是，地上有雪的時候，他怎麼也不肯用他自己的門。

在佩特還是毛茸茸活潑潑仔貓的時，他就已經訂出一個簡單的哲學，住宿、糧食、天氣歸我管，其他所有事都歸他管，但他認為我要管好天氣。康乃迪克州的冬天，只適合用在聖誕賀卡上。那年冬天，佩特會不時去看看他自己的門，卻怎麼也不肯出去，因爲外面有討厭的白色東西（他可不會上當），然後硬纏著我去開一扇人走的門。

他堅信人類的門中，至少有一扇門，一定通往溫暖的夏天。這就表示，每次我都得陪他走遍十一扇門，把每一扇門打開看一看，讓他相信從這裡出去也是冬天，然後去開下一扇門。而每一次的失望，都讓他對於我管理不善的批評越來越嚴厲。

然後，他會留在室內，直到體內的水壓脹得受不了，迫使他不得不去外面。等到他回來的時候，他腳上的冰會在木頭地板上發出細碎的聲音。而他會對我怒目而視，等到他舔完腳上的冰……這時他會原諒我，而下次呢，同樣的事又會重演。

但是他從未放棄追尋夏之門。

一九七〇年十二月三日那天，我也和他一起在找夏之門。

我的追尋，就像佩特在康乃迪克州一月天的追尋一樣，毫無希望。南加州很少下雪，而那麼一點雪，也只會留在山上，給滑雪愛好者享用，不會落在洛杉磯的市中心——反正那東西大概也穿不過煙霧層。但是，寒冬的天氣就在我心裡。

我的健康狀況不壞（除了累積的宿醉之外），距離三十歲還差幾天，也絕不到身無分文的程度。沒有警察在找我，也沒有誰的丈夫要砍我，更沒有法院送傳票給我，即使有什麼小問題，也只需要輕微的記憶喪失就能解決。可是我心裡是寒冷的冬天，我正在尋找夏之門。

要是我的語氣聽起來像個嚴重自憐的人，那你就對了。在這個行星上，一定至少有二十億人，比我的狀況還糟。然而，我正在尋找夏之門。

我最近去找的門，大多是彈簧門，就像這時在我面前的那兩扇——「無憂燒烤酒吧」，招牌上這麼寫。我走進去，挑了個店裡深處的雅座，把身上背的小旅行袋輕輕放到座位上，坐到旁邊，等服務生過來。

小袋子說，「喵哇？」

我說，「別著急，佩特。」

「喵要尿尿！」

「胡鬧，你剛剛才去過。安靜，服務生過來了。」

佩特閉上嘴。等服務生走到我們桌旁，我抬起頭，對他說，「雙倍蘇格蘭威士忌，一杯白開水，再來一瓶薑汁汽水。」

服務生一臉苦惱，「薑汁汽水，是嗎？配蘇格蘭威士忌嗎？」

「你們到底是有，還是沒有？」

「當然有，可是……」

「那就去拿。我不打算喝，我只是要嘲笑它而已。還有，再拿個小碟子過來。」

「沒問題，先生。」他把桌面擦得發亮，「先生，要不要來個小份牛排呢？要不然，今天的扇貝也很新鮮。」

「聽著，老兄，我會給你扇貝的小費，不過請你別端上來。我只要剛才叫的東西……還有，別忘了拿小碟子。」

他閉上嘴，走開了。我再次告訴佩特別著急，再等一下就好了。服務生回來了，把薑汁汽水放在小碟子上拿著，也不再那麼傲慢了。我讓他打開汽水瓶，自己則把蘇格蘭威士忌加水調和。

「先生，你要多拿一個杯子喝薑汁汽水嗎？」

「我是個眞正的牛仔，我直接用瓶子喝。」

他閉上嘴，讓我付錢給他，給他小費，也沒忘記扇貝的小費。等他走後，我把薑汁汽水倒進小碟子，輕輕拍了一下旅行袋。

「東西來了，佩特。」

旅行袋的拉鍊沒拉。他在裡面的時候，我總是讓拉鍊開著。他用腳爪扒開袋子，探出頭來，迅速看了一下四周，然後伸出前半身，把前腳放在桌邊。我舉起自己的酒杯，然後我們望著對方。

「佩特，這杯敬雌性動物——上了她，然後忘了她！」

他點了點頭，這完全符合他的哲學。他優雅地低下頭，開始舔食薑汁汽水。

「我是說，如果做得到的話。」我加了一句，灌下一大口酒。佩特沒有答腔，對他來說，忘掉雌性動物毫不費力，他是天生的光棍。

從玻璃窗看出去，我對面有個霓虹燈不斷變化的招牌。一開始，它會出現，「**一面睡眠，一面工作。**」然後是，「**做個夢，麻煩就會消失。**」接著閃動著兩倍大的字。

「互助保險公司」

我看到這三行字好幾次，卻沒想到這些字的意義。對於「假死」，我和其他人知道的一樣多，也可以說一樣少。在這件事剛公開的時候，我也讀過那篇熱門文章，而且一星期至少兩三次，我會在早上的郵件裡收到一張保險公司的廣告，我通常連看也不看就扔掉，因爲這對我沒有用處，就像唇膏廣告一樣。

第一，在這之前，我負擔不起冬眠的費用，這要花一大筆錢。第二，一個喜歡自己的工作，賺錢，預期會賺更多，熱戀中，而且即將結婚的男人，爲什麼要做出等同自殺的決定？

假如有個人患了不治之症，無論如何都會死，但認爲幾十年後的醫師或許能治好他——而且他負擔得起維持「冬眠」的費用，直到醫學進步到能處理他的問題——那麼，冬眠就是個符合邏輯的賭注。或者，假如他一心追求的目標是要旅行到火星，而他認爲，把他個人電影的其中幾十年剪掉，能夠讓他買張機票去火星，我猜想這也是合乎邏輯的。有篇新聞報導寫到一對上流社會的新婚夫婦，從市政府直接去「西方世界保險公司」的冬眠護眠中心，同時指示親友，除非等到能在太空船上度蜜月，否則別叫醒他們……不過，我懷疑那只是個保險公司的宣傳花招，而他們早已換個假名，從後門溜走了。像條冷凍鯖魚那樣度過新婚之夜，聽起來實在不像眞的。

還有直截了當的財務訴求，就像那家保險公司大力鼓吹的**「一面睡眠，一面工作」**。只要躺在那裡不動，無論你原來存了多少錢，都能累積成一大筆財富。假如你今年五十五歲，而你的退休金一個月付你兩百元，爲什麼不把這幾年睡過去，醒來的時候仍然是五十五歲，讓他們一個月付你一千元？更不必說在一個會讓你有著更長壽、更健康的老年的光明新世界醒來，去享受一個月一千元的生活。每家保險公司都用無可爭辯的數字，來證明他們信託基金選擇的股票比別家公司賺錢的速度更快。**「一面睡眠，一面工作！」**

這對我從來沒有吸引力。畢竟，我還沒到五十五歲，並不想退休，也不覺得一九七〇年有什麼不對勁。

或者應該說，直到最近都是如此。如今，無論我喜不喜歡（我不喜歡），我都是退休了。我沒去度蜜月，反而是坐在一家二流酒吧裡，喝著蘇格蘭威士忌，拚命麻醉自己。陪著我的不是新娘，而是一隻滿身傷疤的雄貓，而這隻貓似乎對薑汁汽水上癮。至於我這時候最想做的，就是把此刻換成一箱琴酒，喝乾每一瓶。

但我絕對不是身無分文。

我伸手到上衣口袋，拿出一個信封，打開來看。信封裡有兩件東西。一張保付支票，我這輩子還不曾擁有那麼多錢，還有一張幫傭姑娘公司的股票。兩份文件都有點皺了，自從交到我手上之後，我都一直隨身帶著。

為什麼不去呢？

為什麼不鑽進去睡一覺，等我的麻煩都消失呢？比加入「外籍兵團」更愉快，不像自殺那麼一塌糊塗，我也可以完全擺脫那些毀了我人生的人與事。既然如此，為什麼不去呢？

我對變有錢這件事沒那麼興致勃勃。我讀過H．G．威爾斯的《當冬眠人甦醒》——不只在保險公司開始免費送這本書的時候就看過，而是在更早以前，當它還只是經典名著的時候。我知道複利和股票增值能帶來什麼，但我不太確定自己是否有足夠的錢去冬眠，同時設立一筆對將來有幫助的信託金。另一個理由比較吸引我，乖乖去睡覺，醒來就是個不同的世界。也許是個更好的世界，就像保險公司要你相信的那樣……也許會更差，但絕對是不同的世界。

我確定會有個重大的差異，我可以睡上一段夠長的時間，確定那會是個沒有貝麗．達金的世界——也沒有邁爾斯．根特利，不過更重要的是沒有貝麗。如果貝麗已經過世，而且入土為安，我就可以忘了她，忘了她對我做過的事，把她一筆勾銷……光是知道她離我只有幾哩遠，就令我痛苦不堪。

我們來看看，那會需要多久？貝麗今年二十三歲——聲稱是二十三歲（我想起有一次她似乎說溜了嘴，說她記得羅斯福當總統的時候）。反正是二十幾歲。如果我睡上七十年，她就不在世上了，乾脆睡個七十五年比較保險。

然後，我想起現在老人醫學方面的大幅進展，有可能達到一百二十歲的「正常」壽命。那麼，也許我得睡上一百年，我不知道有哪一家保險公司會接受那麼久的契約。

不過，在蘇格蘭威士忌溫暖的作用下，我突然想到一個有點殘忍的主意。我不必睡到貝麗老死，對一個青春的女人來說，變老就是最好的報復，這種報復就夠了，太夠了。只要年紀輕輕，出現在她面前，讓她痛哭流涕——差不多三十年好了。

我感覺到有隻腳爪，像一片雪花似地輕輕落在我臂上。「喵還要！」佩特叫道。

「貪吃鬼！」我對他說，卻再幫他斟了一小碟薑汁汽水。他禮貌性地多等了一會兒當作致謝，然後開始舔食。

但是他已經打斷我這一連串愉快而惡毒的想法，我到底要怎麼處理佩特呢？

貓不像狗那樣，可以輕易送人，貓會受不了的。有些貓會黏著房子，但佩特不是。對他而言，自從九年前離開他媽媽身邊之後，在這不斷變化的世界裡，我是唯一不變的存在……甚至在我從軍的時候，也想盡辦法讓他留在身邊，而這的確不是件容易的事。

他的健康狀況很好，即使他滿身傷痕但仍然可能無事到老。只要他能修正非得當老大的個性，那麼至少還有五年時間，他可以繼續打勝仗，還能當好幾隻小貓的爸爸。

我可以付錢讓他住在寵物旅館，直到他老死（無法想像！）或者讓他安樂死（同樣無法想像），不然我也可以乾脆拋棄他。對於貓，總歸只有兩件事，要嘛，就是實現你已經承擔的終身道義責任——不然，就是遺棄那隻可憐的動物，讓他變成野貓，摧毀他對永恆公正的信念。

就像貝麗摧毀我的信念那樣。

所以，丹尼小子，你乾脆忘了這件事吧。你自己的人生可能已經像醃菜那樣酸臭，但你再怎麼樣也不能以此爲藉口，不履行你對這隻超級被寵壞的貓所要負的義務。

就在我得出這個哲學眞理的時候，佩特打了個噴嚏，一定是氣泡進了他的鼻子。「祝你健康！」我對他說，「還有，別喝那麼快。」

佩特根本不理我。他平常的餐桌禮儀比我還好，而他也很清楚。我們的服務生一直在收銀機附近閒晃，和收銀員聊天。早已過了午餐時間，店裡沒幾個客人，而且都在吧台那邊。我說「祝你健康！」的時候，服務生抬頭看了一下，對收銀員說了些什麼。他們兩人都望向我們這邊，然後，收銀員抬起吧台邊的折板，向我們走了過來。

我輕聲說，「佩特，憲兵來了。」

他看了看四周，就鑽進袋子裡，我把開口合起來。收銀員走過來，手撐在我桌上，銳利地看了一眼雅座桌子兩側的座位。「老兄，對不起。」他冷冷地說，「不過你得把那隻貓帶出去。」

「什麼貓？」

「你剛才用小碟子餵的貓。」

「我沒看到什麼貓呀。」

這次，他彎下腰看著桌子底下，指責我，「你把他藏在那個袋子裡。」

「袋子？貓？」我吃驚地反問，「朋友，我想你這個指控非常嚴重。」

「你別顧左右而言他，你的袋子裡放了一隻貓，請你把袋子打開。」

「你有搜索票嗎？」

「什麼？別開玩笑了。」

「你才在開玩笑，竟然沒有搜索票，就要看我袋子裡面裝什麼。還記得憲法第四修正案吧——而且戰爭已經結束好幾年了。既然我們已經解決了這件事，請告訴我的服務生再拿一份同樣的東西來——不然你自己去拿也可以。」

他面有怒色，「老兄，我不是針對你個人，可是我不得不為營業執照著想。那邊的牆壁上寫著『貓狗不得入內』。我們的目標是要經營一家衛生的店。」

「那麼你們做得還眞隨便。」我拿起桌上的玻璃杯，「看到口紅印子了嗎？你應該去檢查洗碗機，而不是來檢查顧客的東西。」

「我沒看到什麼口紅。」

「幾乎都被我擦掉了。不過，我們把這杯子拿到衛生局，做個細菌數量檢驗。」

他歎了口氣，「你是衛生局的人嗎？」

「不是。」

「那我們就扯平了，我不搜你的袋子，你也不拉我去衛生局。現在，如果你還想喝一杯，就到吧台這邊來喝……本店請客，但別在這裡喝。」他轉過身，走到前面去。

我聳了聳肩，「反正我們也要走了。」

離開的時候，我經過收銀櫃檯，他剛好抬起頭來，「你不會記恨吧？」

「不會。不過，我本來打算傍晚帶我的馬來這兒喝一杯的，現在我不帶他來了。」

「隨你高興，法律沒說不准帶馬。不過，我想再問一句——那隻貓眞的喝薑汁汽水嗎？」

「憲法第四修正案，記得嗎？」

「我不想看那隻動物，我只是想知道而已。」

「嗯。」我承認，「他比較喜歡更苦一點的，不過，倘若沒別的選擇，他也會直接喝。」

「那會把他的腎臟弄壞的。朋友，過來這兒看一下。」

「看什麼？」

「身體向後仰，讓你的頭靠近我。現在，看看每個雅座上方的天花板……裝潢裡面有鏡子。我知道有隻貓在那兒——因爲我看到了。」

我向後仰看過去。天花板有一大堆亂七八糟的裝飾，包括許多鏡子，我現在看到其中的好幾個，透過室內設計的僞裝，收銀員不必離開位子，就能將這些鏡子當成潛望鏡。「我們需要那東西。」他語帶歉意地說，「在那些雅座裡發生的事，會讓你大吃一驚的……我們不得不注意一下。這是個悲哀的世界。」

「阿們，老兄。」我繼續往外走。

一走到外面，我立刻打開袋口，只抓著一邊把手，佩特探頭出來。「佩特，你聽到那個人說的話了，『這是個悲哀的世界』。比悲哀還糟糕的是，兩個朋友希望在一起靜靜喝兩杯，還會有人在暗中監視。我下定決心了。」

「喵，現在呢？」佩特問。

「如果你這麼說的話。倘若我們眞的要去做，就沒有拖延的必要。」

「妙！」佩特斷然回答。

「那就沒有異議了。就在對面，穿過馬路就到了。」

互助保險公司的接待員，是個功能設計之美的最佳典範。她有著可以達到四馬赫的流線造型，還展示出前方裝設的兩個雷達收納裝置，以及她的基本業務根本用不到的零件都有。我提醒自己，等到我醒來的時候，她早已成爲惠斯勒《母親》畫像中的老婦人，然後我告訴她，我想找個業務。

「請坐，我來看看我們有哪一位業務經理有空。」我還沒來得及坐下，她就說，「我們的包爾先生會爲您服務，請往這邊走。」

「我們的包爾先生」所在的辦公室，讓我覺得互助這家公司經營得相當好。他熱情地和我握手，讓我坐下，請我抽菸，還打算幫我拿旅行袋。我緊抓著不放。「您好，先生，有什麼我們能效勞的嗎？」

「我要冬眠。」

他的眉毛往上揚，態度變得更加恭敬。的確，互助也會幫你辦只有七元的照相機失竊險，但冬眠讓他們能夠摸到客戶的全部資產。「非常明智的決定，」他恭敬地說，「眞希望我自己也能放下一切去冬眠。可是……家庭責任，您知道的。」他伸手拿起一張表格，「冬眠的客戶通常很匆忙。讓我來幫您塡寫表格，節省您的時間和麻煩……而且我們會立刻安排爲您做體檢。」

「等一下。」

「嗯？」

「我有個問題，你們公司會幫貓安排冬眠嗎？」

他露出驚訝的表情，然後轉爲生氣，「您是在開玩笑吧。」

我打開旅行袋，佩特探出頭來。「請見見我的夥伴。請回答我的問題，如果答案是『不行』，那麼我就要走到樓上的中央谷保險公司。他們的辦公室就在同一棟大樓，不是嗎？」

這次，他露出驚恐的神色，「先生……呃，還沒請教貴姓？」

「丹尼．戴維斯。」

「戴維斯先生，只要有人走進我們的門，他就會獲得互助保險的誠心誠意的服務。我可不能讓您去中央谷。」

「你打算怎麼阻止我？用柔道嗎？」

「拜託！」他四下看了看，露出憂心忡忡的神色，「我們公司是一家正派經營的公司。」

「意思是說中央谷不是嘍？」

「我可沒說，是您說的。戴維斯先生，可別讓我動搖您的決定……」

「你不會的。」

「……不過呢，到每家公司拿幾份合約範本。找個律師，如果能找個有牌照的語義學專家更好。看看我們提供什麼——以及實際能做到什麼——再和中央谷宣稱會提供的東西做個比較。」他又四下看了看，向我靠過來，「我不應該這麼說的——也希望您不要說是我說的——但他們甚至不使用標準的保險精算表。」

「也許他們不會纏著客戶。」

「什麼？親愛的戴維斯先生，我們把每一項自然增長的利益都配發出去。我們的契約是這麼記載的……而中央谷只是一家證券公司。」

「也許我應該買一些他們的……聽我說，包爾先生，我們是在浪費時間。互助到底要不要接受我的夥伴？如果不接受，那麼我已經來這裡太久了。」

「您的意思是，您要付錢讓那隻動物接受低溫處理，保持在冬眠狀態嗎？」

「我的意思是，我要我們都去冬眠。還有，別叫他『那隻動物』，他有名字，他是佩特羅尼烏斯。」

「對不起！我換個方式來問。您準備付兩筆保管護理費，把你們兩個，您，還有，呃，佩特羅尼烏斯，交給我們的護眠中心，是嗎？」

「是的，但不是兩筆標準費用。當然可以多收一點，不過你們可以把我們兩個塞進同一個冷藏櫃。對佩特的收費，不應該像一般人類那麼高。」

「這眞是太不尋常了。」

「當然很不尋常。不過我們可以待會兒再談價錢……或者我也可以找中央谷談價錢。現在我只想知道你們到底能不能做。」

「唔……」他的手指在桌面上敲了敲，「等一下。」他拿起電話，「總機，幫我接貝奎斯博士。」我沒聽到接下來的對話內容，因爲他切換到隱私模式。過沒多久，他就放下電話，對著我微笑，彷彿某個有錢的伯父剛剛過世似的。「先生，好消息！我忘記最早的成功實驗就是在貓身上進行的。針對貓的技術和關鍵因素，都已經完全成立了。事實上，在馬里蘭州安那波里斯的海軍科學研究所，就有一隻貓已經冬眠了二十年，現在仍然活著。」

「我以爲他們打下華盛頓的時候，就已徹底摧毀了科學研究所了？」

「只是地面上的建築物而已，先生，地底深處的部分沒事。而這正是這項技術已臻完美的證明。有兩年多的時間，那隻動物只有自動機械在照顧……然而牠仍然活著，沒有改變，沒有老化。就像您會活下去一樣，先生，無論您決定要把您自己托給『互助』多長時間。」

我覺得他好像要在胸前畫十字似的。「行了、行了，那麼我們就接著談價錢吧。」

這件事牽涉到四個因素，第一點，我們冬眠時期內的照護費用要怎麼付；第二點，我希望讓我們睡多久；第三點，當我在冷藏櫃裡的時候，我想對自己的錢做什麼投資；最後一點，萬一我就這麼一睡不醒，那要怎麼處理。

我終於選定西元二〇〇〇年，一個漂亮的整數，而且距今只有三十年。我怕萬一隔得太久，我會完全抓不住時勢。在過去三十年（我的前半輩子）之間的變化，已足以讓一個人嚇掉眼珠子——兩次大戰和十幾次小戰、共產主義垮台、大恐慌、人造衛星、採用核能等等，我小時候甚至連「多變形態」都沒有。

其實我覺得西元二〇〇〇年可能會令我困惑。可是假如我不跳那麼遠，貝麗根本不會有時間長出一組漂亮的皺紋。

談到錢要如何投資的時候，我不考慮政府公債和其他保守型的投資。政府的財政體系納入了通貨膨脹。我決定繼續握著幫傭姑娘的股份，現金則放到我從以前就認爲會有所成長的股票上。自動化工業一定會成長的。我也挑了一家舊金山的肥料公司，他們一直在進行酵母和食用藻類的實驗——人口一年比一年多，而牛排不會變得比較便宜。至於剩下來的錢，我請他放進他們公司的管理型信託基金。

但是，眞正的抉擇是，萬一我在冬眠期間死掉的話，該怎麼辦。這家公司宣稱，我會活過三十年冬眠的機率絕對超過七成……而無論你賭大或賭小，他們都會跟進。賭注的彩金不是對等的，而我也不會如此冀望，任何正當的賭局，都有莊家抽頭的規矩。只有不正派的賭徒，才會說要給肥羊最好的報酬，保險是合法的賭博。世界上歷史最悠久也最有聲譽的保險公司——倫敦的勞依茲公司——對於任何賭注都毫不猶豫，勞依茲的經理人都願意讓你押大或押小。但別期望投注的賠率會高於平均值，「我們的包爾先生」身上穿的訂制西裝總得有人付帳。

我選擇萬一我死掉的話，每一分錢都會進入公司信託基金……包爾先生差點要吻我，讓我不禁懷疑那種「七成」的機會到底有多樂觀。但我仍然決定這麼做，因爲如此一來，我就有權利繼承（如果我活下來）每個做出同樣選擇的人（如果他們死掉）所留下的財產，就像玩俄羅斯輪盤的生還者可以拿走籌碼一樣……而保險公司就像賭場那樣抽成。

對於每項賭注，我都挑了可能報酬率最高的選擇，而且完全沒有以防萬一的避險措施。包爾先生愛死我了，就像賭場主人愛一直押零的肥羊那樣。我們才剛談妥我的財產處理，他就急著爲佩特訂個公道的條件。我們談妥以人類費用的百分之十五來支付佩特的冬眠，也另外爲他擬了一份合約。

剩下來的就是法院同意和體檢的事項了。我不太擔心體檢，因爲我選擇讓互助公司賭我會死，那麼即使到了黑死病末期，他們還是會接受我。但是我以爲要得到法官批准，可能需要冗長的手續。這是必要的程序，因爲一名冬眠中的客戶，在法律上屬於託管的範圍，雖然活著，卻無自主能力。

我根本不必擔心。我們的包爾先生準備了十九種不同的文件，全都是一式四份。我簽名簽到手指差點抽筋，而等到我準備去體檢的時候，有個信差匆匆忙忙送走文件，我根本連法官也沒見到。

體檢是那種一向令人厭煩的例行程序，只有一點例外。就快結束的時候，爲我做體檢的醫師嚴厲地看著我，「年輕人，你這樣醉醺醺的已經有多久了？」

「醉醺醺？」

「醉醺醺。」

「醫師，你怎麼會那樣想呢？我和你一樣清醒，『吃葡萄不吐葡萄皮，不吃葡萄』……」

「別吵了，快回答我的話。」

「嗯……我會說，差不多兩星期。稍微多一點。」

「酗酒嗎？你至今爲止，到底有多少次這樣大喝過？」

「唔，事實上，我從來沒有。你知道……」我正要告訴他貝麗和邁爾斯對我做了什麼事，我爲什麼會想要大喝。

他伸出手掌，阻止我說下去，「拜託，我自己的麻煩已經夠多了，而且我也不是精神科醫師。說眞的，我所關心的，只是想知道在把你降溫到攝氏四度的這種折磨下，你的心臟是否耐得住。你的心臟倒是還好。我通常不在乎怎麼會有人瘋狂到會爬進一個洞裡，把自己硬塞進去，我只覺得地面上又少了一個該死的笨蛋。但是，只要還有一點殘餘的職業道德，無論這個實驗對象有多可悲，我都不能讓他的腦子浸著酒精，爬進冷藏櫃裡。轉過身去。」

「唔？」

「轉過身去，我要在你左邊臀部打一針。」

我轉身，讓他打了一針。我還在揉屁股的時候，他繼續說，「把這東西喝下去。再過大約二十分鐘，你就會比過去一個月更清醒。然後，如果你還有一絲一毫的理智——這點我懷疑——你可以重新評估你自己的狀況，決定到底是要遠遠逃離你的麻煩……或是像個男人那樣，勇敢面對問題。」

我把它喝了。

「就這樣，你可以穿上衣服了。我會簽你的文件，但是我警告你，直到最後一分鐘，我都有權否決。你不能再沾一滴酒，晚餐吃少一點，明天不能吃早餐。明天中午來這裡做最後的檢查。」

他轉身出去，連個再見也沒說。我穿好衣服走出去，整個人氣呼呼的。包爾已經把所有文件準備好了。我拿起文件的時候，他說，「如果您願意，您可以把文件留在這裡，明天中午再來拿……我說的是您要隨身帶著的那一份。」

「其他文件呢？」

「我們會留一份存底，然後，等到您入眠之後，我們會送一份到法院，再送一份到卡爾斯巴公共檔案中心。對了，醫師是否提醒您關於飲食的事情？」

「當然。」我瞥了那些文件一眼，藉此掩飾我的惱怒。

包爾伸手要拿我的文件，「我會幫您保管到明天。」

我把文件抽回來，「我自己可以保管。我可能想換掉其中幾支股票。」

「這有點太晚了，親愛的戴維斯先生。」

「別催我，要是我眞的做了什麼修改，我會提早來。」我打開旅行袋，把文件塞進佩特旁邊的一個夾層。我以前曾把重要的文件放在那裡，也許不像卡爾斯巴洞窟的公共檔案中心那麼安全，但絕對比想像得要安全得多。有一次，有個小偷曾經試圖偷走放在那夾層裡的東西，他身上一定還有佩特的尖牙與利爪留下的疤痕。

二

我的車子停在柏興廣場底下，大概也停了幾個小時。我投了一些錢餵停車收費機，把車子設定到開往朝西的幹道，讓佩特出來，把他放在座位上，然後放輕鬆。

或者說試著要放輕鬆。洛杉磯的車流速度太快了，那種橫衝直撞的樣子也太危險，我實在無法在自動控制下放鬆；我希望重新設計整套設備——因爲它還不是眞正的「雙重防護」。等到我們到了西方大道以西，可以轉回手動控制的時候，我已經有點急躁，很想喝杯酒。

「佩特，前方有個綠洲。」

「喵？」

「就在正前方。」

但是，就在我想找地方停車的時候——洛杉磯不會遭到侵略者的威脅，因爲侵略者根本找不到地方停車——我猛然想起醫師囑咐我不能碰酒精。

可是我想告訴他，去他的，我才不會乖乖聽他的話。

然後，我開始納悶，經過將近一天之後，他是否能分辨出我有沒有喝過酒。我好像看過某篇論文談這件事，但那不在我的興趣範圍，所以只是大略瀏覽一下而已。

不過眞該死，他完全有辦法不讓我冬眠。我最好乖一點，離那東西遠一點。

「喵，現在呢？」佩特問。

「晚一點。我們去找個得來速。」我突然明白自己並不是眞的想喝酒，我只是想要食物，好好睡一晚。醫師說得對，我變得比較清醒，也覺得比這幾個星期以來好多了。也許屁股上那一針只不過是維他命B1；如果是這樣，那效果還來得眞快。於是我們找了一家得來速。我點了炸雞給我自己，還有半磅漢堡肉和一些牛奶給佩特，趁著東西還沒來的時候，帶他出去遛一遛。佩特和我常常去得來速，因爲我不必偷偷摸摸把他帶進帶出。

半小時後，我開車離開那個繁忙的地區，停下車點燃一根菸，搔搔佩特的下巴，然後開始思考。

丹尼，好小子，那個醫師說的對，你是想鑽進酒瓶裡躲著。你那尖尖的頭也許鑽得過，但你的肩膀太窄了。現在你完全清醒，肚子塡飽食物，也是這幾天來第一次能舒服休息。你覺得好多了。

其他的事呢？關於其他部分，醫師也說對了嗎？你是個被寵壞的小孩嗎？你缺乏面對挫折的勇氣嗎？你爲什麼會走上這一步？這叫冒險精神嗎？或者你只是自我躲避，像個因爲心理問題被勒令退伍的士兵，試著要爬回母親的子宮嗎？

可是我眞的想要這麼做，我告訴自己——西元二〇〇〇年！好傢伙！

好吧，就算你想要這麼做，可是你難道非得逃跑，不先解決你在此時此地的麻煩嗎？好吧，好吧！——可是你能怎麼解決？我不想要貝麗回來，尤其在她做了這些事以後。我還能做些什麼？控告他們嗎？別傻了，我根本沒有證據——而且，無論如何，眞的打起官司，贏家只有律師。

佩特說，「喵？你知道的！」

我低頭看著他那傷痕累累的頭。佩特不會去控告誰，如果他不喜歡另一隻貓的鬍鬚模樣，他只會叫對方出去外面，像隻貓地打一架。「我相信你是對的，佩特，我打算去找邁爾斯，扯下他的手臂，拿來敲他的頭，逼他招認。我們可以事後再去冬眠，但必須搞清楚他們到底對我們做了什麼，還有，這騙局是誰想出來的。」

賣店後面有個電話亭。我打電話給邁爾斯，知道他在家，我要他不要出門，我馬上過去。

我老爸爲我取名爲丹尼爾．布恩．戴維斯，這是他贊成個人自由與自力更生的方式。我是一九四〇年出生的，那一年，大家都在說，個體逐漸沒落，而未來會是集體社會。老爸怎麼也不肯相信，給我取個拓荒者（註）的名字就是他的反抗。他死於北韓的洗腦，直到最後一口氣，還試圖證明他的論點。

註：丹尼爾．布恩（Daniel Boone, 1734-1820）美國探險家，拓荒者。

六週戰爭開始的時候，我已經取得機械工程的學位，正在陸軍服役。我沒試著利用自己的學位升官，因爲老爸留給我一樣特質，就是不可自抑地渴望獨立自主，不指揮別人，不受人指揮，不照安排好的時間表做事——我一心只想服完兵役，趕快獨立。冷戰爆發的時候，我是新墨西哥州山迪亞武器中心的一名中士技師，負責把原子塡進原子彈，整天打算著退伍後要做什麼。山迪亞消失的那一天，我正在德州達拉斯領取一批軍用補給。那次爆炸的輻射落塵吹向奧克拉荷馬市，所以我才能活下來，領我的軍人福利金。

佩特也由於類似的原因活下來。我有個搭擋，名叫邁爾斯．根特利，是個後備軍人，又被召回軍中。他娶了一名帶著女兒的寡婦，但差不多就在他被召回的時候，他的妻子過世了。爲了讓他的繼女菲德瑞嘉有個家；他們一起住在阿布奎基的營區外，小瑞琪（我們從來不叫她「菲德瑞嘉」）替我照顧佩特。感謝埃及貓女神保佑，在那個可怕的週末，邁爾斯和瑞琪和佩特剛好休假三天出去玩，瑞琪帶了佩特一起走，因爲我不能帶他去達拉斯。

發現軍方竟然有幾個部門藏在不會有人起疑的偏僻之處，我和其他人一樣感到驚訝。自從三〇年代，大家就知道人體可以冷凍到一切生理現象減慢到幾乎靜止。但這一向是實驗室裡的把戲，或是一種最後的治療手段，直到六週戰爭後情況才有了變化。就軍事研究而言，我會這麼說，如果金錢和人力能及，就會得到結果。印幾億元鈔票，雇用幾千名科學家與工程師，然後用某種難以置信、笨拙或毫無效率的方式，答案還是會出來。生理停止、冷眠、冬眠、低溫處理、降低新陳代謝，隨便你怎麼稱呼——總之後勤醫學研究團隊找出方法，把活人像木材那樣堆放起來，以便在需要的時候使用。你先讓實驗對象服用藥物，施行催眠，然後冷凍他，讓他精準地保持在攝氏四度，也就是保持在水的最大密度，不會產生冰的結晶。如果臨時需要他，則可以在十分鐘內，用電療搭配催眠暗示，把他喚醒（在諾姆只需七分鐘），但這種速度會讓細胞組織老化，而且可能會讓他從此之後變得有點遲鈍。如果不急，至少花上兩小時會比較好。不過職業軍人會說，快速法是一種「經過計算的風險」。

不過這整件事是敵人也沒預料到的戰略，因此，戰爭結束的時候，我還能領到薪餉退役，而不是被消滅或送去做苦工。然後，就在保險公司開始銷售冬眠的時候，邁爾斯和我開始合夥做生意。

我們去了莫哈威沙漠，在某個空軍廢棄的建築物裡設立了一家小工廠，開始製造幫傭姑娘。用我的工程知識，以及邁爾斯的法律與商務經驗。是的，我發明了幫傭姑娘和她所有親戚——擦窗威利及其他——雖然在他們身上找不到我的名字。當我還在軍中的時候，我曾經努力想過，一名工程師能做些什麼。去爲標準石油、杜邦，或是通用汽車工作嗎？三十年後，得到一場紀念餐會，還有一筆退休金。你不用擔心吃不飽，也可以常常搭乘公司的飛機，但你永遠不是老闆。另一個需要工程師的大市場是公務員——起薪不錯、退休金很好、沒有煩惱、三十天的年假，有些自由的好處。但我才剛結束一段漫長的公職，也只想當自己的老闆。

有什麼東西小到，只要一名工程師，而不需要六百萬工時，就能讓第一款機種上市呢？

就像福特及萊特兄弟起步那樣，以微不足道的資本額開設的腳踏車店——大家都說那種日子不會再來了，我才不信。

當時自動化的前景大好，像是只需要兩名人員看守儀器和一名警衛的化學工廠。可以印製一整個都市的票卷，在六個城市的所有車票打上「已售出」記號的機器。挖煤礦用的鋼鐵挖掘機，全國礦業工會的小伙子只要在一旁涼快，看著機器就行了。於是，當我還在領山姆大叔的薪水時，我就努力吸收一名擁有可以接觸核能相關機密情報許可（Q級許可）的人所能接觸到的所有電子學、連桿機構以及電腦控制學知識。

最後才輪到自動化的東西是什麼？答案是家庭。我並不打算規劃一個徹底的機器家庭，這不是女人想要的，她們只要一個布置得更好的窩而已。但是，僕傭制度已經消失了這麼久，家庭主婦仍然在抱怨僕傭問題。我很難見到完全沒有奴隸主傾向的家庭主婦，她們似乎認爲應該有高大健壯的村姑，只要給她機會用力刷洗地板就十分感激，願意一天工作十四小時，吃剩菜殘羹，工資卻連水管工人的學徒也不屑一顧。

正因如此，我們才把那怪物叫做「幫傭姑娘」——靈感來自從前老婆婆喜歡欺負的奴隸或是外勞女傭。基本上，它是個比較好的吸塵器，我們打算用能夠和普通吸塵掃帚競爭的價格來行銷。

「幫傭姑娘」會做的事（最初的機型，而不是我後來開發的半智慧型機械人）就是清潔地板……任何一種地板，從早做到晚，不必有人監督。畢竟從來就沒有一種地板是不必清理的。

它會或掃、或抹、或吸塵，或打磨，一切都參考粗糙記憶體中的磁帶，決定要採用哪個方法。它能把比一顆ＢＢ彈大的任何東西撿起來，放到上方的一個托盤裡，讓某個比較聰明的人判斷到底要留下或丟掉。它可以一整天靜靜地尋找污垢，以一種不可能遺漏任何東西的路線來搜索，略過乾淨的地板，永無止盡地搜尋髒亂的地板。如果發現房間內有人，它就會出去，像個受過良好訓練的女僕，除非它的女主人趕上來，撥動開關，告訴那個可憐的機器進來。大約在用餐時間，它會回到自己的小隔間，來個快速充電，這是在安裝永久有效的電力設備之前。

第一代幫傭姑娘和一台吸塵器並沒有太大的差別，但這個差別（進行清潔而不需要人工監督）就夠了，顧客願意買。

基本搜尋模式的靈感，是我從四〇年代後期刊登在《科學美國人》上的「電動龜」得來的，從某種導彈的腦子偷抄一種記憶電路（這是最高機密裝置的妙處——不能申請專利）。至於清潔裝置和連杆機構，我從十幾種產品借來靈感，包括一台軍醫院使用的地板打磨機、冷飲自動販賣機，以及他們在核能工廠用來處理所有「熱」東西的那些「手」。幫傭姑娘並沒有什麼眞正全新的東西，只是換了一種新的組合方式而已。我們法律要求的「天才靈光一閃」，完全在於能不能找到一名優秀的專利律師。

眞正的天才之處，是在生產工程方面。整合機器幾乎都能用從施威特材料目錄訂購的標準零件製作，除了兩個立體凸輪和一塊印刷電路板。我們把電路板轉包出去，至於凸輪，我就在我們稱爲「工廠」的小庫房裡，使用戰爭剩餘的自動化工具自行組裝。最早的時候，邁爾斯和我就是整條裝配線——敲打、銼光、上漆的方式來賣。試驗機種花費四千三百一十七元九分，最初一百台的成本稍微高於每台三十九元，我們把這一批以每台六十元交給洛杉磯一家大賣場，他們則以八十五元賣出。我們不得不採用寄售，否則根本無法脫手，因爲我們沒有經費進行促銷活動，而且我們都快餓死了，才終於等到款項開始進來。然後，《生活》雜誌爲幫傭姑娘寫了兩頁的報導……接下來的問題，就是要找到足夠的幫手來裝配這個怪物。

就在這件事之後不久，貝麗．達金加入了我們。邁爾斯和我一直在一台一九〇八年款的古董打字機上笨拙打信，我們雇用她來當打字員兼記帳，租了一台有高級字型和色帶的電動打字機，然後我設計了一個信頭。我們把所有收益都再拿來投資公司，佩特和我就睡在工廠裡，而邁爾斯和瑞琪則在附近找了間簡陋的木屋。我是出於自衛才成立公司。組成公司需要三個人，所以我們給貝麗一份股權，並給了她財務部長的位置。邁爾斯是總裁兼總經理，我是總工程師兼董事長，並且持有百分之五十一的股份。

我要解釋清楚，爲什麼我要擁有經營權。我不是貪婪自私的人，我只是想做自己的老闆。邁爾斯是個忠實的夥伴，我完全信任他。但是讓我們起步的資金，超過百分之六十是我的，而且發明和工程能力則百分之百的是我的。邁爾斯不可能做得出幫傭姑娘，而我卻有可能和任何人合夥，不，就算不和人合夥，我也做得出幫傭姑娘，但是沒辦法拿它換錢，邁爾斯和我不同，是個徹頭徹底的生意人。

爲了確定我能保有工廠的控制權，所以我也同意邁爾斯在經營方面同樣自由，結果是太多自由了。

幫傭姑娘一號就像棒球賽的啤酒一樣好賣，我花很大力氣改良它，並且設立一條新的生產線，再找了個工廠領班來負責。然後我很樂意轉向，想出更多家庭用的自動裝置。令人驚訝的是，很少有人眞正過思考家事的問題，即使這至少占世界上所有工作的百分之五十。婦女雜誌談到「節省家事勞力」與「機能廚房」，但這只是信口開河而已。雜誌上漂亮圖片中的生活與工作布置，實際上不比莎士比亞的時代來得進步。從馬到噴射機的革命，還沒走進一般家庭。

當時我堅持我的想法，認爲家庭主婦是極端保守的。她們要的不是「生活的機械化」，而是要一些器具來取代已經不存在的僕傭，也就是清潔打掃、烹飪以及照護嬰兒等工作。

我開始思考髒玻璃窗，以及浴缸邊緣非常難刷洗的那道黑圈圈，因爲你得把身體折成兩半才刷得到。而有一種靜電裝置可以讓髒東西「咻！」一聲，離開任何打磨過的二氧化矽表面，窗玻璃、浴缸、馬桶等等任何諸如此類的東西。那就是擦窗威利，而這也眞是令人納悶，怎麼沒人及早想到它。我一直不肯放它早點上市，要等到我能讓它降到人們無法抗拒的價格。你知道，以前洗窗戶一小時要花多少錢嗎？

因爲我遲遲不肯讓威利上生產線，邁爾斯終於等得不耐煩。他一等到它夠便宜就想開始銷售，但我堅決要求一件事，威利必須容易修理。大多數家電用品的一大缺點，就是如果東西越好，功能越多，那麼在你最需要的時候，它故障的機率就越大，這時就要動用到一小時收費五美元的專家來讓它再次運作。然後，下星期又會發生同樣的事，要不是洗碗機，就是暖氣機……而且往往發生在星期六深夜的暴風雪當中。

我要我製造的機器能持續運作，不會造成主人胃潰瘍。

但是機器的確會故障，即使是我的作品。除非等到美好的那一天來臨，所有機器都能設計成沒有任何可動零件，否則機器就會繼續令人失望。如果你的家裡塞滿各種小機器，必然有一些處於故障狀態。

但是軍方早在多年前就克服了這個問題。可不能只因爲某個拇指大小的機器故障，就輸掉戰爭，輸掉上千萬條人命。在軍事用途上，他們用了一大堆妙計——雙重安全防護、備用電路、三次確認系統……等等。其中有一個適合家事機器的概念，就是插拔零件。

這是個很笨的簡單概念，別修理，換掉它。我希望讓擦窗威利有可能出問題的每個零件採用插拔裝置，然後讓每個威利都配上一組可替換的零件。有些零件可以扔掉，有些則送去修理就好，但只要插進替換的零件，威利便不會故障太久。

邁爾斯和我第一次大吵一架。我說從試驗機種到量產的時機是個工程決策，他則聲稱那是業務決策。要是我不掌握控制權，威利上市的時候，很可能像許多其他毛病一大堆，只做到半套的「節省勞力」的玩意兒一樣，就像急性盲腸炎那樣令人抓狂。

貝麗．達金撫平了這場爭論。要是她多施加一點壓力，我可能不會等到我認爲已經準備就緒，就讓邁爾斯開始銷售威利，因爲我早已被貝麗迷得暈頭轉向，就像任何拜倒在她裙下的男人一樣。

貝麗不只是個完美的秘書兼總務，她的外貌甚至可以取悅希臘雕刻家普拉克西特列斯。而且她身上總是有一種香氣，對我的影響，就像貓薄荷對佩特的作用一樣。頂尖的辦公室女郎已經很稀有了，然而，這麼優秀的人竟然願意爲一家小公司工作，領低於行情的薪資，不管誰都會問「爲什麼？」可是我們甚至沒問她先前在哪裡工作，銷售幫傭姑娘帶來氾濫成災的文書工作，我們實在太樂意讓她解救我們出來。

後來，要是有人建議我們應該查查貝麗的底，那麼我也會憤慨拒絕，因爲當時她的胸圍已經嚴重扭曲了我的判斷力。她聽我細訴，在她出現之前我的生活有多麼寂寞，而她也溫柔地回答，說她必須更進一步了解我，但是她也有類似的感覺。

就在她撫平了邁爾斯和我之間的爭吵之後沒多久，她就同意和我成爲命運共同體。「親愛的丹尼，你有成爲大人物的潛力，我希望我自己是可以幫助你的那種女人。」

「妳本來就是！」

「親愛的，我不打算馬上嫁給你，讓你有家累，讓你煩惱得半死。我打算和你一起努力，先把事業做起來，我們再結婚。」

我不同意，但她很堅決。「親愛的，我們還有一大段路要走。幫傭姑娘將會像通用電器一樣家喻戶曉，但等到我們結婚的時候，我希望能夠別管生意，只要一心一意讓你快樂。不過，我必須先爲你的幸福和你的未來著想。相信我，親愛的。」

所以我信任她。我想要買昂貴的訂婚戒指送給她，她不肯讓我買，我便提議轉讓一些股份給她，做爲訂婚禮物。如今回想起來，我不確定那個禮物到底是誰想出來的。

在那之後，我工作得比從前更加努力，構想了幾款會把自己清空的垃圾桶，以及一種在洗碗機完成之後把碗盤收好的機械之類的。當時大家都很快樂，這裡是指除了佩特與瑞琪之外的大家。佩特根本不理貝麗，就像對待他不以爲然卻無法改變的任何事物，但瑞琪真的很不快樂。

都是我的錯。從她才六歲大，還在山迪亞的時候，頭上紮著絲帶，有著一雙嚴肅的黑色大眼的瑞琪，一直是「我的女孩」。等她長大，我「會和她結婚」，然後我們會一起照顧佩特。我以爲那只是在玩家家酒。而小瑞琪認眞的程度，也只不過是她認爲只要結婚就能照顧我們的貓，但誰也不知道小孩子心裡在想什麼。

我對小孩子沒有什麼感情。大部分的他們都是小怪物，總是得等到長大成人才會開化，有時候長大了也不開化。不過小菲德瑞嘉讓我想起我妹妹當年的模樣，此外，她喜歡佩特，也知道如何對待他。我想她之所以會喜歡我，是因爲我從來不當她是小孩（我小時候最討厭別人那樣），而且會很認眞看待她的女童軍活動。瑞琪很乖，她有種安靜高尚的氣質，不會亂敲東西，不會動不動就尖叫，也不會愛撒嬌。我們是朋友，分擔照顧佩特的責任，而且就我所知，她之所以是「我的女孩」，不過是我們之間的一場可愛的遊戲而已。

在那場空襲奪走我妹妹和母親後，我就不再玩了。這倒不是有意爲之，我只是不想再開這種玩笑，後來就不曾再玩這遊戲，瑞琪當時七歲。在她十歲的時候，貝麗加入公司，而在貝麗和我訂婚的時候，她大概是十一歲。我想只有我察覺到她有多討厭貝麗，因爲瑞琪只是表現得不太願意和她說話，貝麗說那是「怕羞」，我想邁爾斯也以爲是那樣。

但是我很清楚，也勸過瑞琪不要那樣。你可曾試過要和剛進入青春期的孩子討論某件那孩子不想談的事？去「回音谷」大叫，還比較有成就感。我告訴自己，等到瑞琪了解貝麗有多令人喜歡，這種情形就會逐漸消失。

佩特是另一件麻煩事。要不是我被愛情沖昏頭，就應該看出這是個明顯的徵兆，知道貝麗和我永遠無法了解對方。貝麗「喜歡」我的貓——沒錯，的確如此！她很喜歡貓，她也喜愛我的禿頭，更欣賞我挑選的餐廳，總之她喜歡與我有關的每一件事。

但是在一個愛貓人面前，你很難假裝喜歡貓。世上有愛貓的人，也有不愛貓的人（或許占大多數），他們「連一隻無害的家貓都無法忍受」。如果他們試圖僞裝，無論是出於禮貌，或是任何理由，都會立刻露出馬腳，因爲他們不了解如何對待貓，而貓族的禮節比起人類的社交禮節更加嚴苛。

這是建立在自我尊重以及彼此尊重的基礎上，就好像拉丁美洲的「男人的名譽」，如果要違反這種禮節，那就得賭上性命。

貓缺乏幽默感，有過度膨脹的自我意識，非常難對待。要是有人問我，爲什麼有人願意花時間伺候貓，我只能回答，根本沒有合理的原因。我還寧願向某個討厭氣味濃烈的起司的人解釋，他爲什麼「應該喜歡」林堡起司。不過，我完全能體諒那個只因爲有隻小貓睡在上面，就剪掉袖子上珍貴刺繡的滿清官員。

貝麗試圖用對待狗的方式來表現她「喜歡」佩特，結果就被抓傷了。然後，身爲一隻識相的貓，他匆忙跑出去，而且很久都沒進屋。這樣也好，因爲我一定會揍他一頓，而佩特從來沒挨過打，至少沒被我打過。打貓根本沒有用，貓只能用耐心來訓練，打罵永遠沒有用。

於是，我在貝麗的傷痕上擦些碘酒，然後解釋她哪裡做錯了，「對不起，竟然會發生這種事……我眞的非常抱歉！不過如果妳再那樣做，同樣的情形還會發生！」

「我只是拍拍而已！」

「沒錯……但妳那不是拍貓，而是拍狗。妳絕對不可以拍貓，要用撫摸的。在他抓得到的範圍內，絕對不可以突然迅速移動。如果沒給他機會讓他知道妳打算摸他，那絕對不可以碰他……還有，妳必須一直觀察，看看他是否喜歡。如果他不想被摸，他會出於禮貌而稍微忍受一下——貓是很有禮貌的——但是，如果他只是勉強忍受，那麼妳就要停手，別等到他的耐心耗盡。」我猶豫了一下，「妳不喜歡貓，對不對？」

「咦？什麼話嘛！我當然喜歡貓。」但她又說，「我猜大概是因爲我在這之前都不在的關係吧。她很神經質，不是嗎？」

「是『他』，佩特是隻眞眞正正的公貓。不是，他一點都不神經質，因爲他一向受到很適當的對待，但妳一定要學學如何與貓相處，妳絕對不可以嘲笑他們。」

「什麼？爲什麼？」

「並不是因爲他們不有趣，他們其實很有喜感，可是他們沒有幽默感，所以這就會冒犯他們。貓當然不會因爲你的嘲笑就抓傷你，他只會掉頭走開，等到妳想和他交朋友，就會有麻煩，不過這不重要。更重要的是要知道怎麼把貓抱起來。等到佩特回來的時候，我會抱給妳看。」

但是佩特並沒有回來，至少沒有馬上回來，而我也從來不曾抱給她看。貝麗從此再也沒碰過他。她仍然對他說話，也表現出喜歡他的樣子，但對他保持距離，而他也對她保持距離。我不再惦記這件事。這個女子在我的心目中，比生命中的任何事更重要，我可不能爲了這種瑣事起疑心。

可是，佩特後來差一點造成危機。當時，貝麗和我正在討論我們以後要住在哪裡。她仍然不肯定下日期，我們的確花很多時間談這種瑣事。我希望在工廠附近找個小農場就好，她則想住在市區的公寓。等到我們以後賺了大錢，再買高級住宅區的房產。

我說，「親愛的，那根本不實際，我得住在靠近廠房的地方。而且，妳有沒有想過，住在市區的公寓要怎麼照顧公貓呢？」

「關於這件事，聽我說，親愛的，我很高興你終於提到這件事。我最近一直在研究貓，我真的很用功。我們可以把他閹了，那麼他就會溫和多了，而且也絕對會樂意住在公寓裡。」

我盯著她看，無法相信自己親耳聽到的話。把那個老戰士變成太監？把他變成壁爐邊的裝飾品？「貝麗，妳不知道自己在說什麼！」

她對我嘖嘖兩聲，用那種「媽媽最清楚」的口氣講一些把貓當成財物的人的陳腔濫調——說什麼這不會傷害他，這其實是為了他好。她知道他在我心目中的地位，她絕對不會讓我失去他，這手術其實非常簡單，也相當安全，而且對大家都比較好。

我打斷她，「妳為何不把我們兩個都安排一下呢？」

「親愛的，你說什麼？」

「也幫我安排呀！我會變得更加溫馴，晚上會乖乖待在家裡，而且永遠不會和妳爭吵。就像妳剛才說的，這不會痛，而且我大概會比現在更快樂。」

她脹紅了臉，「你太離譜了。」

「妳也是！」

她再也沒提過這件事。貝麗絕對不會讓意見的歧異惡化成為爭吵，她會閉上嘴，等待適當的時機，但她也從來不放棄。在某些方面，她有很多貓的特質……也許就是因爲這樣，我才會無法抗拒她。

我也很樂意不再談這件事。在這節骨眼上，我正忙著設計萬能法蘭克。威利和幫傭姑娘一定會讓我們發大財，但我還是不停想著，要發明完美的全功能家用自動裝置，多用途的僕人。好吧，就叫它機械人，雖然這是一個被濫用的名詞，只是我沒有打算製造人型的機械。

我要做出一種裝置，它能做任何家裡的事，當然包含打掃和烹飪，但也要做真正高難度的工作，像是幫嬰兒換尿片，或是換掉打字機的色帶。雖然有一大群幫傭姑娘和擦窗威利，還有保姆小南、哈利小廝和花園阿丁等等，但我希望每對夫婦都只要買一台機器就好。只需花費一輛好車的價格，就能得到我們只在書上看過的那種華裔僕傭。

要是做得到，這就會成爲「第二次解放宣言」，讓女人從古老的奴隸勞動中解放出來。我希望推翻「女人的工作永遠做不完」的老諺語。家務是重複、不必要且單調沉悶的工作，這讓身爲工程師的我覺得不舒服。

若以一名工程師的能力來解決問題，萬能法蘭克幾乎全部都要採用標準零件，而且絕對不能涉及任何新的理論。基礎研究不是一個人做得來的工作，必須從前人已經建立的技術中開發出來，否則我根本做不到。

幸好，工程學方面已經有很多前人的技術，而且在Q級許可的身分下，我也不曾平白浪費時間。我要的東西，不像導彈那麼複雜。

我到底要萬能法蘭克做什麼？答案是，人類在家裡能做的任何工作。它不必學會打牌、做愛、吃東西或睡覺，但它的確必須做打牌之後的清理工作，要烹飪、鋪床和照顧嬰兒——至少必須留意嬰兒的呼吸情形，萬一有什麼變化就立刻叫人。我決定它不必接電話，因爲AT&T已經在出租自動接聽電話裝置了。它也不需要去應門，因爲大多數新屋子都要裝了對講機。

但要做到我要它做的許多事，它就必須有手、眼睛、耳朵，還有個腦子——而且腦子要夠好。

手部，我可以向爲幫傭姑娘供應手部的同一家原子工程設備公司訂購。只不過這次我要最好的，有最靈敏的回饋系統——用在大範圍的伺服系統、微量分析操縱和放射性同位素測量上的那種。那家公司也能供應眼睛，不過簡單的就好，因爲法蘭克不必像在核電廠那樣，必須從幾公尺的水泥防護牆後面觀察和操縱。

至於耳朵，我有十幾家無線電和電視零件供應商可以挑選——我會設計一些電路，讓它的雙手就像人類的雙手可以用視覺、聽覺和觸覺反應同時控制。

只要有了電晶體和印刷電路，就能在小小的空間裡做許多事。

法蘭克不必用折梯。可以把它的頸子做得像鴕鳥那樣伸縮，讓它的手臂能像懶人夾那樣延長，還是應該讓它能夠上下樓梯？

有一種電動輪椅可以上下樓梯。也許我應該買一台，用來當作底座，把試驗機種限制在和輪椅相同的大小，也不能超過這種輪椅的載重，如此可以提供一組參數。我打算把它的動力和方向控制連接到法蘭克的腦子。

腦子是眞正的難關。你可以建造出一個玩意兒，讓它有像人類的骨架或甚至更優良的環節。你可以給它一個夠好的回饋控制系統，能釘釘子、刷地、把蛋敲破，又不會把蛋敲破。但是除非它像人類那樣，有兩耳之間的那團東西，否則就不能算是人，甚至連屍體也算不上。

幸好我不需要有個大腦，只要一個聽話的傻瓜，能夠處理大半是重複工作的家務就好。

這時索氏記憶管就派上用場了。我們用來反擊的洲際飛彈，是用索氏管「思考」的。而洛杉磯等地的交通控制系統，則只讓它負責比較笨的工作。不需要在此細述連貝爾實驗室也不懂的電子管理論。重點是，你可以把一根索氏管掛進某個控制電路，透過手動操作指示機器，管子就會「記住」先前做過的事，並且可以指揮這項操作，而不需要人類監督，這對一般自動化機械來說就夠用了。至於導彈以及萬能法蘭克，你得加進一些輔助電路，賦予機器「判斷」的能力。這其實不是判斷（在我看來，機械根本不可能有判斷力），這裡的輔助電路是一種搜尋電路，它的程式會說，「在如此這般的限制範圍內尋找某某事物，當你找到的時候，就執行你的基本指令。」基本指令有可能非常複雜，甚至塞滿一根索氏記憶管，這可是非常大的範圍！而且你可以設計程式，只要事情不符合當初銘印在索氏管裡的循環程序，你的「判斷」電路（就像坐在汽車後座，指揮司機開車的低能白癡）隨時可以中斷基本指示。

這意味著，第一次需要花點工夫引導萬能法蘭克清理桌面、收拾碗盤，把東西裝進洗碗機，在這之後，它就可以處理日後碰到的任何髒碗盤。更妙的是，只要在它的腦袋裡塞進一根以電子方式複製的索氏管，那麼在第一次碰到髒碗盤的時候，它就可以處理，而且永遠不會打破盤子。

只要在第一根管子旁邊放進另一個「已有記憶」的索氏管，它在第一次就能幫嬰兒換掉濕尿片，而且永遠、絕對、怎樣也不會讓別針扎到嬰兒。

法蘭克的呆腦袋可以輕鬆塞進一百支索氏管，每根管子都有不同家務工作的電子「記憶」。接下來，就在所有的「判斷」電路周圍搭載防護電路，萬一碰上什麼事超出了它的指令範圍，這個電路可以要求它保持不動，叫人來幫忙，那樣就不會傷害嬰兒或耗損碗盤。

於是，我眞的在一台電動輪椅的骨架上造出了法蘭克。它看起來很像一個帽架在和一隻章魚做愛……但是，這個好傢伙確實能把銀器擦得亮晶晶！

邁爾斯仔細打量第一台法蘭克，看著它調配一杯馬丁尼，端上來，然後繞到旁邊把菸灰缸倒乾淨，擦亮（它絕對不會去碰乾淨的菸灰缸），打開窗子，固定在開的位置，然後到我的書架那邊撢灰塵，把架上的書排整齊。邁爾斯啜了一口馬丁尼，「苦艾酒放太多了。」

「我就喜歡這樣。不過我們可以告訴它用調配你喜歡的口味，再調配我喜歡的口味的。它的腦袋裡還有很多空管子，很萬能的。」

邁爾斯又啜了一口酒，「多久可以讓它上生產線？」

「我希望能用大約十年的時間來調整。」還沒等到他抱怨，我又說，「但是，我們應該能在五年內開始生產限定機種。」

「胡鬧！我們會找很多幫手給你，六個月就要把試驗機種準備好。」

「你敢？這可是我的最高傑作。除非把它修整到最優秀的程度，否則我不打算放它走。我想把它縮到三分之一大小，除了索氏管之外，其他零件都是都可插入替換的，一切都能靈活運用，它不只能餵貓、幫嬰兒洗澡，如果客戶願意付額外程式設計的費用，它甚至還能打乒乓球。」我看著邁爾斯。法蘭克靜靜撣掉我辦公桌上的灰塵，把每張紙正確無誤地放回原來的地方。「但和他打乒乓球一定不好玩，因爲他一個球也不會漏接。不對，我想我們可以弄個隨機選擇電路，教他偶爾漏接一個球。嗯，是的，我們可以。我們行的，這會是一個很棒的銷售宣傳手法。」

「一年，丹尼，而且一天也不能多。我打算從羅藝公司請個人來幫你處理整體外表的設計。」

我說，「邁爾斯，你什麼時候才會明白我是工程部門的主管？一旦我把它移交給你，它就是你的……可是在那之前，不准你動它。」

邁爾斯回應道，「苦艾酒還是放太多了。」

❖ ❖ ❖

我在工廠員工的協助之下繼續忙，直到我讓法蘭克看起來不要那麼像個三輛車撞在一起的怪物，而比較像你可能想要拿來向鄰居炫耀的東西。就在這段時間裡，我也解決了控制系統的一大堆小問題。我甚至還教它怎麼摸佩特，用佩特喜歡的方式搔他的下巴。不過呢，相信我，它造成的負面反應，就像核能實驗室會造成的一樣。邁爾斯並沒有催我，但他不時會進來看看進度如何。我大部分的工作是在晚上做的。我會和貝麗吃晚餐、送她回家之後再回來。然後我會睡上大半天，隔天傍晚才進來，在貝麗要我簽的任何文件上簽名，確認工廠白天的工作狀況，然後再帶貝麗出去吃晚餐。在這段時間以前，我不會做太多事，因爲創意工作讓人變得像山羊一樣臭。在工廠努力工作一夜之後，除了佩特，沒有誰受得了我。

有一天，就在我們快吃完晚餐的時候，貝麗對我說，「親愛的，你要回工廠嗎？」

「當然。要不然呢？」

「那就好。因爲邁爾斯會在那裡等我們。」

「爲什麼？」

「他要開股東會議。」

「股東會議？爲什麼？」

「不會太久的。說眞的，親愛的，你近來對公司的業務不怎麼注意。邁爾斯想要處理一些懸而未決的問題，確定接下來的方針。」

「我一直專心在工程方面，我還要爲公司做些什麼事？」

「沒什麼，親愛的。邁爾斯說不會太久的。」

「有什麼麻煩嗎？難道賈克處理不了生產線嗎？」

「拜託，親愛的。邁爾斯沒告訴我爲什麼，把你的咖啡喝完。」

邁爾斯正在工廠等著我們，他嚴肅地和我握手，彷彿我們已經一個月沒見面似的。我問，「邁爾斯，這是怎麼回事？」

他轉身向貝麗說，「去拿議程表過來，可以嗎？」單是從這件事，我就應該明白貝麗剛才是在說謊——說邁爾斯沒告訴她，他打算做什麼，但我沒想到這一點——眞要命，我太信任貝麗了！——而且我的注意力也被別件事分散了，因爲貝麗走到保險箱那邊，轉動旋鈕，打開箱門。

我說，「對了，親愛的，我昨晚想要打開卻打不開。妳是不是換了號碼？」

她忙著把文件拿出來，頭也不回地說，「我沒告訴你嗎？在上星期那次防盜警報之後，警衛要我換號碼。」

「那妳最好給我新號碼，要不然，我可能得在三更半夜打電話給你們其中一位。」

「沒問題。」她關上保險箱，把一份文件夾放在我們用來開會的大桌子上。

邁爾斯清清喉嚨，「我們開始吧。」

我回答，「好吧。親愛的，如果這是個正式會議，我想妳最好做些紀錄……呃，一九七〇年十一月十八日星期三，下午九點二十分，全體股東出席——把我們的姓名寫下來——會議由董事長D．B．戴維斯主持。有任何問題嗎？」

完全沒有。

「好啦，邁爾斯，該你表演了。有任何新的議題嗎？」

邁爾斯清清喉嚨，「我要檢討公司的營運方針，提出一件未來的計畫，並且請董事會考慮一件融資提案。」

「融資？別開玩笑了。我們有盈餘，而且一個月比一個月好。怎麼回事，邁爾斯？對你的帳戶數字不滿意嗎？我們可以提高。」

「在開始新計畫之後，我們不可能一直都在獲利的狀況。我們需要一個更全面的資本結構。」

「什麼新計畫？」

「拜託，丹尼。我費了很多功夫詳細寫下來。讓貝麗念給我們聽。」

「嗯……好吧。」

跳過冗長的官樣文章（就像所有律師一樣，邁爾斯喜歡用繁複的措辭），邁爾斯想要做三件事。第一、把萬能法蘭克從我身邊拿走，交給生產工程小組，立刻準備上市，第

二、……但是我一聽到第一點就忍不住開口阻止，「不行！」

「等一下，丹尼。身爲總裁兼總經理，我當然有資格照順序提出我的想法。有話待會兒再說，先讓貝麗念完。」

「嗯……好吧，不過答案仍然是『不行』。」

第二點實際上就是，我們不能再以小工廠的方式運作。我們手上有個非常有將來性的事業，就像過去的汽車業一樣，而且我們早已搶盡先機。因此我們應該立刻擴大，設立全國和全世界銷售網，同時擴大生產部門來配合。

我開始不耐煩地敲著桌面。我可以想像自己在這種公司當總工程師會是什麼情形。他們大概會連製圖桌都不給我，而且只要我一拿起焊鎗，工會就要發動罷工。那我還不如留在軍中，一路升到將軍算了。

但我不再打斷他。第三點是，我們不可能用少許資本就能做到這點，這需要幾百萬元。曼尼克斯企業會拿錢出來，最後的結果，就是我們會全數賣給曼尼克斯，機器、股票，還有萬能法蘭克，變成一家子公司。邁爾斯會留下來當部門經理，而我會留下來當首席研究工程師，但舊日自由的時光不復存在。我們兩人都會變成別人的雇員。

「念完了嗎？」我說。

「嗯……念完了。我們來討論一下，進行表決。」

「這裡應該還要有一些條件，同意讓我們有權利能在晚上坐在木屋前面唱聖歌。」

「這不是開玩笑，丹尼。我們勢必要這樣做。」

「我不是開玩笑，就算是奴隸，也需要給他特別的恩惠，讓他不要吵。好吧，輪到我講話了嗎？」

「請說。」

我提出一個反議，某個在我心裡逐漸成形的想法，我希望我們不再從事生產。我們的工廠廠長賈克．許密特是個好人，不過我老是會被他從我沉醉其中的創意氛圍裡突然拉出來，去工廠處理產品的小問題——就像突然被人從溫暖的被窩裡抓起來，丟進冰水裡。這才是我之所以會做那麼多夜間工作，而白天儘量遠離工廠的原因。越來越多人搬進戰後的廢棄建築物，加上晚上的仔細思考，我知道我不可能再安靜地從事創意工作。即使我們拒絕這個就像和通用汽車競爭的計畫，我也確實沒有分身，我不可能身兼發明者和產品經理兩個角色。

於是我提議，我們縮小而不要擴大，把幫傭姑娘和擦窗威利授權出去，讓別人來製造和銷售，我們只要收權利金就好。等到萬能法蘭克準備好，我們也能把它授權出去。如果曼尼克斯想要買授權，也願意開出比市場更高的價錢，那就太棒了！同時呢，我們會把名字改為戴維斯與根特利研究公司，然後只留下我們三個，頂多請一兩位機械工來幫我處理不成熟的新玩意兒。邁爾斯和貝麗可以輕鬆蹺起腿，數著滾進來的鈔票。

邁爾斯緩緩搖了搖頭，「不行，丹尼。授權會讓我們賺一些錢，沒錯。可是賺的錢比起我們自己做差得多了。」

「可惡，邁爾斯，我們不能這麼做，這才是重點。我們會把自己的靈魂賣給曼尼克斯的人。至於錢，你要多少呢？你一次只能使用一艘遊艇或是一個游泳池……而且，如果你想要，在年底以前就能兩樣東西都買。」

「我不要這些東西。」

「那你要什麼？」

他抬起頭來，「丹尼，你想要發明東西。這個方案讓你可以獲得所有設備、助手以及經費。至於我，我想要經營一家大企業。一家眞正的大企業。我有這種天分的。」他看了貝麗一眼，「我不想花一輩子的時間，坐在莫哈威沙漠中間，當一名孤獨發明家的業務經理。」

我盯著他看，「在山迪亞的時候，你不是這麼說的。老兄，你想要退出了嗎？貝麗和我會很不願意見到你離開的……但如果你眞的有這麼想，我可以把這地方拿去抵押，來買下你的股份。我不希望任何人有被綁住的感覺。」我當然非常震驚，但如果老邁爾斯不肯滿足，我也沒有權力逼他照著我的模式去做。

「不，我不要退出。我要公司成長。你聽到我的提案了。這是個正式的提案，希望公司採取行動，所以我提出動議。」

我猜想，我當時一定是一臉茫然，「你堅持要來硬的嗎？好吧，貝麗，我投『不行』。記錄下來，但我今晚不會把我的反議提出來。我們再好好討論，交換一下意見。我希望你快樂，邁爾斯。」

邁爾斯倔強地說，「我們來正式表決。貝麗，開始計票。」

「好的。邁爾斯．根特利，表決股票編號……」她念出股票的序號，「表決意見？」

「贊成。」

她記錄下來。

「丹尼爾．B．戴維斯，表決股票編號……」她又讀了一串有如電話號碼的數字，我沒有仔細聽這種徒有形式的語言。「表決意見？」

「反對，所以這件事解決了。對不起，邁爾斯。」

「貝麗．S．達金。」她繼續念，「表決股票編號……」她又念出一堆數字，「我投『贊成』。」

我驚訝得張大了嘴，然後好不容易才喘了一口氣，「可是，寶貝，妳不能那麼做！那些是妳的股份，沒錯，可是妳很清楚……」

「宣佈計票結果！」邁爾斯咆哮。

「贊成占大多數，提案通過。」

「記錄下來。」

「是的，老闆。」

接下來幾分鐘，我腦中一片混亂。我先對她大吼大叫，再和她講理，然後我對她咆哮，說她的所做所爲不正當——沒錯，我的確把股票轉讓給她，但是她很清楚，我無意放棄公司的經營權，那只是一項訂婚禮物。眞該死，去年四月的股利所得稅還是我付的。如果在我們訂婚的情況下，她都能要出這種花招，那麼我們的婚姻將會是何種光景？

她直視著我，她的臉在我看來十分陌生。「丹尼．戴維斯，要是你以爲在你對我用那種語氣說話之後，我們的婚約還有效，你就蠢到令我驚訝。」她轉身看著根特利，「你可以送我回家嗎，邁爾斯？」

「當然可以，親愛的。」

我本來想說些什麼，卻閉上嘴，大步走出去，連我的帽子也沒拿。我得離開，不然我大概會殺了邁爾斯，因爲我不能碰貝麗。

我當然睡不著。大約淩晨四點，我爬下床，打了幾個電話，同意付出超出行情的價錢，然後不到五點三十分，我就開了小貨車到工廠前面。我走到大門口，打算開門，然後把貨車開到卸貨區，我就可以把萬能法蘭克拉進後車廂——法蘭克有四百磅重。

大門上裝了一個新掛鎖。

我爬過去，還被有刺鐵絲網割傷。一旦進到裡面，大門就不會給我任何麻煩了，因爲工廠裡有一百種工具能夠處理掛鎖。

但是，前門的鎖也換掉了。

我正看著門鎖，判斷到底是用扳手打破玻璃窗比較容易，或是把貨車裡的千斤頂拿出來，塞到門框和門把之間把它撐開，這時，突然有人大喊，「喂，你！雙手舉高！」

我沒舉起手，只是轉過身去。有個中年漢子正用一把大槍指著我，那玩意兒大到足以炸掉一座城市。

「你到底是誰？」

「你是誰？」

「我是丹尼·戴維斯，這家公司的總工程師。」

「噢！」他稍微放鬆了一些，但仍然用那野戰迫擊炮瞄準我，「你符合描述。不過，你有證件的話，最好讓我看一看。」

「我爲什麼要聽你的？你是誰？」

「我？您不會認得我的。我叫喬·陶德，屬於沙漠保全公司。您應該知道我們是誰的，你們這幾個月一直委託我們做夜間巡邏，但是今晚我在這裡是做特別警衛的。」

「是嗎？那他們應該給了你這個地方的鑰匙，請拿出來，我要進去。還有，別再用那支喇叭鎗指著我。」

他仍然瞄準著我，「戴維斯先生，那可不成。第一，我沒有鑰匙。第二，我曾經收到關於您的特別命令。您不可以進去，我會讓您從大門出去。」

「我還希望你能幫我開門呢，算了，但我非進去不可。」我看看四周，想找塊石頭敲破玻璃窗。

「拜託，戴維斯先生……」

「怎樣？」

「我很不願意見到您堅持要進去，眞的很不願意。因爲我不能賭運氣射您的腿，我的射擊技術不是很好，我非射您的肚子不可。我這槍裡裝了達姆彈，會一塌糊塗的。」

我想大概是這件事改變了我的心意，不過我寧願認爲是別的事，因爲我望了玻璃窗那邊一眼，看到萬能法蘭克已經不在我原先放的地方。

就在陶德帶我出大門的時候，他交給我一個信封，「他們說，要是你出現，就把這東西交給你。」

我就在貨車裡看信。上面寫著：

一九七〇年十一月十八日

親愛的戴維斯先生：

根據董事會在本日召開的例行會議，根據您合約第三條的許可，董事會表決終止您與本公司的所有關係（除了股東之外）。董事會要求您遠離公司所在地。您的私人文件與物品，將確實交還給您。

董事會非常感謝您對本公司的貢獻，而公司營運方針的歧異迫使我們採取此一步驟，董事會也深感遺憾。

邁爾斯．根特利
董事長兼總經理（口授）
B．S．達金，財務部長（記錄）

我讀了兩次，才想起我從來不曾和公司有什麼合約，可以讓他們行使第三條或其他任何一條。

當天稍晚，有個快遞員送了一個大包裹到我放乾淨內衣褲的那家汽車旅館。包裹裡面有我的帽子、我的自來水筆、我的另一支計算尺，一大堆書和私人信件，還有幾份文件，但沒有我爲萬能法蘭克所做的筆記和設計圖。

其中有幾份文件，頗令人玩味。例如我的「合約」——果眞沒錯，第三條讓他們可以不事先通知就炒我魷魚，只需給我三個月的薪資。但第七條更有意思。這是最新的「黃狗」條款，也就是要員工同意在五年內不得從事競爭工作，不過員工可以向前雇主要求以現金來取得優先權。也就是說，若是我願意，我隨時都能回去工作。只要拿著帽子，低聲下氣地請求邁爾斯和貝麗給我一個工作——也許正因如此，他們才把帽子送還給我。

要我在漫長的五年時間內，如果不先問過他們，我就不能從事家電設備相關工作的話，我寧願割斷自己的喉嚨。

還有全部專利的轉讓文件副本，那些是經過正式註冊的文件，將幫傭姑娘和擦窗威利和幾項小產品的專利權轉讓給幫傭姑娘公司。（當然，萬能法蘭克從來沒申請過專利，不，我從未想到要申請專利。雖然我後來知道了眞相。）

但是我從來不曾轉讓過任何專利，我甚至不曾把專利正式授權給幫傭姑娘公司使用。這家公司是我成立的，似乎不必急著做這件事。

最後三件東西，是我的股票證書（我沒有給貝麗的股份）、一張保付支票，還有一封信，解釋支票上的每個項目——累計「薪資」減掉提款帳戶支出、三個月解雇津貼，行使「第七條」的優先權金額以及一千元的獎金，表達「爲公司服務的謝意」。最後一項眞是十分貼心。

重讀那一大批令人驚奇的文件時，我才發現我眞是太不機靈，才會在貝麗放在我面前的任何東西上簽名。毫無疑問，文件上面是我的親筆簽名。

隔天，我冷靜下來，找了一位律師談這件事，一位非常聰明而且愛錢的律師，他會不擇手段打倒對方。起先，他很想收取大筆報酬，所以打算接下這個案子。可是在他仔細看完我的證物，聽我說完詳細情形之後，他的身子向後一靠，十指交迭，放在肚子上，一臉失望，「丹尼，我打算給你一些建議，而且不會花你一毛錢。」

「怎麼樣？」

「什麼也別做，你沒有希望的。」

「可是你說過……」

「我知道我說過什麼。他們騙了你，可是你要怎麼證明？他們太聰明了，沒有偷你的股份，或是一毛錢不留就把你踢出去。他們給你的待遇，就是你可以合理預期的那樣，彷彿一切合乎常規，而你辭職了，或是被解雇——就像他們表達的那樣——對於公司營運方針的歧異。他們給你理應得到的一切，再加上微不足道的一千元，只爲了證明沒人對你有意見。」

「可是我根本不曾有過合約！而且我從來不曾轉讓過那些專利！」

「這些文件說你有，你承認那是你的簽名。你能找到其他人證明你所說的話嗎？」

我想了一想。當然找不到。甚至連賈克．許密特也不知道管理部門發生的任何事。僅有的證人是……邁爾斯和貝麗。

「再談到那個股份轉讓。」他繼續說，「這是打破困境的唯一機會。如果你……」

「但那是這堆東西裡唯一眞正合法的文件，我自己將股份轉讓給她的。」

「是的，可這是爲了什麼？你說你把股份送給她當作訂婚禮物，期望她會嫁給你。她怎麼投票都沒有關係，那不是重點。如果你可以證明，那是當成訂婚禮物送給她的，完全是爲了和她結婚，而且在她接受股票的時候她是知道的，那麼你可以強迫她嫁給你，或是把股份吐出來。這有麥納利對羅茲的案例在前。那麼你就能取回控制權，把他們踢出去。你能證明嗎？」

「眞要命，我現在不想和她結婚，我不想要她了。」

「那是你的問題。不過我們一件一件來。你有沒有任何人證或物證，信函或是任何東西，能證明在她接受的時候，完全理解你是因爲她是你未來的妻子，才將股份給她的嗎？」

我想了一想。我當然有目擊者……又是那兩個人，邁爾斯和貝麗。

「你明白了嗎？只憑你的說詞，對上他們的說詞，加上一堆書面證據，你不但不會有任何勝算，更可能會因爲被害妄想被送進精神病院。我能給你的建議，就是找一個其他領域的工作……或是乾脆挑戰他們的黃狗合約，設立一家競爭企業——我倒很想看看他們的合約是否經得起考驗——只要我不必去打這場官司，但千萬別控告他們陰謀詐欺。他們會勝訴，然後反咬你一口，甚至連他們讓你保留的東西也拿得一乾二淨。」他站起來。

我只接受了他的一部分建議。那棟大樓的一樓有個酒吧，我進去喝了兩杯，或是九杯。

❖ ❖ ❖

在我開車去找邁爾斯的這段時間，我有充分時間回想一切。我們一旦開始賺錢，他就和瑞琪搬到聖菲曼多，租了一個不錯的小地方，避開莫哈威沙漠要命的悶熱，開始利用空軍的交通工具通勤。想起瑞琪這時不在那裡，讓我鬆了一口氣。她去了大熊湖的女童軍營，我可不想讓瑞琪目睹我和她繼父爭吵。

我的車子塞在色普維達隧道裡，這時我才想到，在去見邁爾斯之前，我最好放聰明一點，別把我的幫傭姑娘股票帶在身上。我不認爲會有什麼肢體衝突（除非是我引起的），但這似乎是個好主意……就像一隻曾經被紗門夾到尾巴的貓，我對什麼事情都會起疑心。

把東西留在車子裡嗎？假如我由於人身傷害被捕，車子很可能會被拖走、扣押，那麼留在車子裡也不怎麼聰明。

我可以把它郵寄給我自己，但我最近的信件都辦了郵政總局的存局待領。我這陣子常常換旅館，因爲他們發現我養貓。

我最好把它寄給某個我可以信任的人。

符合條件的人選還眞是寥寥無幾。

然後我想起某個我可以信任的人。

瑞琪。

這麼說來，我好像自討苦吃，永遠學不乖。剛剛吃了一個女性的虧，卻打算信任另一個女性，但兩者可不能相提並論。我認識瑞琪的時間已是她年齡的一半，如果說哪裡有正直的平凡人，瑞琪就是了，而佩特也是這麼想。此外，瑞琪並沒有能夠扭曲男人判斷力的身形。她的女性特徵只到臉上，還沒影響她的體型。

我終於逃離色普維達隧道的車陣，駛下快速道路，找到一家藥房。我在那裡買了郵票、一大一小兩個信封和幾張信紙。我寫信給她。

親愛的瑞琪小可愛：

我希望很快就能見到妳，但在見到妳之前，我要妳幫我保管裡面這個信封。這是個秘密，只有妳知我知。

我停下來，仔細思考。眞要命！要是我發生了什麼事……喔，甚至出了車禍，或是任何可能停止呼吸的事……那麼，只要這東西在瑞琪手裡，遲早會落到邁爾斯和貝麗手上。除非我想出一些預防措施。我明白，就在我仔細思考這一切的時候，我的潛意識已經對冬眠這件事做了決定——我不打算冬眠了。我已經清醒過來，再加上醫師給我上的一課，已經讓我的背脊挺直了。我不打算逃避，我要留下來打一仗——而這些股票是我最佳的武器。它讓我有權檢查帳冊，對於公司的任何一切大小事務，我都有資格干涉。要是他們再企圖請保全人員把我擋在外面，我下一次就可以帶個律師回去，再請一位高級警官拿著法院命令陪同。

我也可以拖他們上法庭。也許我不能勝訴，但我會讓他們不得安寧，也許會使得曼尼克斯的人不敢收購他們。

也許我根本不應該把這東西寄給瑞琪。

不對，萬一我出了什麼意外，我希望把這東西留給她。瑞琪和佩特是我僅有的「家人」。我繼續寫：

假如我經過一年都沒來看妳，妳就知道我出事了。萬一真的如此，請好好照顧佩特，但願妳找得到他——而且，絕對不能告訴任何人，拿著裡面的信封，去找間美國銀行的分行，把它交給信託管理人，請他打開信封。

愛妳的

丹尼叔叔

然後，我再拿出另一張紙，寫道，「一九七〇年十二月三日，加州洛杉磯——支付一元以讓合約生效，我轉讓……」在這裡，我列出了我持有的幫傭姑娘股票的法定說明和序號，

「給美國銀行，作爲菲德瑞嘉．維姬妮亞．根特利的信託，並且在她二十一歲生日當天，重新轉讓給她」，然後簽字。這個意向很清楚，而且，站在藥局櫃檯前，有台點唱機對著我的耳朵大聲嚷嚷的時候，我頂多只能做到這樣。這應該能確保萬一我有個三長兩短，瑞琪一定拿得到股票，同時保證邁爾斯和貝麗不可能從她手上奪走。

不過如果一切順利，我只要請瑞琪把信封還給我就行了。我不使用背書轉讓的方式，避免未成年人把股票轉讓回來給我的一切繁瑣手續，我只需要把轉讓字據撕掉就行了。

我把股票連同轉讓字據裝進小信封，把它封好，再連同寫給瑞琪的信放進大信封，寫上女童軍營的地址和瑞琪的名字，貼好郵票，把它丟進藥局外面的郵筒。我注意到四十分鐘後會有人來收信，於是爬回自己車上，覺得無比輕鬆愉快，不是因爲我把股票處理好了，而是因爲我解決了更大的問題。

嗯，或許並沒有眞的「解決」，而是下定決心面對它們，不是跑得遠遠的，爬進洞裡扮演李伯……或者試圖用各種口味的酒精飲料把它們抹掉。我當然想要看到西元二〇〇〇年，但只要耐心等待，我一定會看得到……等到我六十歲，仍然夠年輕，或許還能對女孩子吹口哨，一點都不必心急。反正，對一個正常人而言，睡一場長覺就跳到下個世紀也不會讓人滿意，這就像沒看到前面的情節，只看到電影的結局。接下來的三十年，我只要隨著眼前的變化，好好享受一切，然後，等我來到西元二〇〇〇年，就會明白是怎麼回事。

而在這段時間，我打算好好打一架，對抗邁爾斯和貝麗。我也許打不贏，但我一定會讓他們知道，他們這一仗打得很吃力——就好像有幾次佩特回到家，全身是血，但仍然大聲強調，「你應該看看另外那隻貓！」

我並不期望今晚的會面能帶來多少成果，最後只會是正式宣戰的聲明。我打算讓邁爾斯不得安眠……他也可以打電話給貝麗，讓她不得安眠。

三

等我抵達邁爾斯家的時候，我已經吹起口哨。我不再擔心那兩個寶貝蛋，而且，在剛才的十五哩路上，我的腦袋裡已經出現兩個全新的玩意兒，任何一樣都能讓我發大財。其中一個是製圖機，能夠像電動打字機那樣操作。我猜想，單是在美國，一定至少有五萬名工程師，每天彎腰坐在製圖桌前面憎恨著這件工作，因爲你會傷害腎臟，搞壞眼睛。他們並非不想設計——他們的確想——只是這工作實在太困難了。

有了這個玩意兒，他們就可以坐在寬大舒適的安樂椅上，只要敲敲幾個鍵，就可以讓設計圖出現在鍵盤上方的畫架。同時按下三個鍵，就會有一條水平線出現在你要的地方；按下另一個鍵，你就能用一條垂直線把它切開；追續按下兩個按鍵兩次，就能畫出一條斜度完全相同的線。

對了，再多加一點配件的費用，我就能加上第二個畫架，讓建築師能用等角投影法來設計（最簡單的製圖法），連看都不必看，就能讓以完美的透視法畫出第二張圖。或者，我甚至可以多做點設計，讓那機器能以等角投影法拉出平面圖和立體圖。

這個設計的美妙之處，在於它幾乎完全可以用市售零件來製造，而大多數零件可以從無線電賣場和照相機商店買到。我的意思是，只有控制板的部分除外，而且我相信這也可以勉強湊合出來，只要買一台電動打字機，把內部零件取出來，用鍵盤來操作其他線路就行了。一個月就能做出一個試驗機種，再用六星期的時間來處理小毛病……

我把這個想法收在腦子裡，我相信自己做得到，而且它會有市場。讓我更快樂的是，就是我已經有辦法，搶先老朽的萬能法蘭克。我對法蘭克的了解絕對超過任何人，即使他們找人花一年的時間研究它。有一件事他們不可能知道，我的筆記也沒寫，就是我所做的每個選擇，都至少有一個可行的替代方案，而且我之前的設計一向侷限於把它當成一個家庭僕人。其實一開始，我就可以拿掉把它放在電動輪椅上的限制。這樣一來，我可以辦到任何事，只不過我會需要索氏記憶管，而且邁爾斯也不能阻止我去用那些東西。任何想要設計自動控制的人，都可以從市面上買到。

製圖機倒不急，我會先忙汎用自動裝置，能夠用程式控制裝置做任何不需要人類判斷的事。

不，我還是先湊合出一台製圖機吧，用它來設計宛如希臘神話中的普羅透斯般的百變佩特，「佩特，你覺得怎麼樣？我們打算用你的名字來稱呼世界上第一台眞正的機械人。」

「喵咦？」

「別那麼多疑，這可是給你面子。」我已經很熟悉法蘭克，可以立即利用製圖機設計佩特，眞正去蕪存菁，而且動作迅速。我會讓它成爲凌駕法蘭克的殺手級電器，什麼都辦得到，在法蘭克還沒來得及上生產線就能取而代之。我會使得他們破產，讓他們來求我回去。

誰教他們殺掉會生金蛋的鵝呢？

邁爾斯家裡的燈亮著，他的車停在路邊。我把車停在邁爾斯的車子前面，對佩特說，「你最好留在這裡，保護車子。如果有人靠近，你就大叫三次『站住』，然後衝出去幹掉對方。」

「喵，不要！」

「如果你要進去，你就得留在袋子裡。」

「呼嚕？」

「別跟我吵。如果你想進去，就進去你的袋子。」

於是，佩特只好跳進袋子。

邁爾斯開門讓我進去。我們兩人都不想握手。他帶我走進客廳，指了一張椅子。貝麗也在那裡。我沒想到會見到她，但我也不意外。我看著她，露出大大的笑容，「眞沒想到會在這兒見到妳！別告訴我，妳大老遠從莫哈威趕過來，只爲了來找可憐的我談一談？」我一發作起來，簡直就像瘋狗，你應該看看我在宴會裡戴起女人帽子的模樣。

貝麗皺起眉頭，「別開玩笑了，丹尼。你要說什麼就快說，說完就滾出去。」

「別催我。我認爲這地方很愜意，我的前合夥人……我的前未婚妻，只差我之前的事業了。」

隨時可以回來工作。我很樂意請你回來的。」

「爲了我好，是嗎？這聽起來好像他們絞死偷馬賊時所說的話。至於回來嘛，妳怎麼說呢，貝麗？我可以回來嗎？」

她咬了咬下唇，「如果邁爾斯說可以，當然沒問題。」

「好像就在昨天以前，還是『如果丹尼說可以，當然沒問題。』可是一切都會變。這就是人生。還有，我不會回來，你們也不必發愁了。我今天晚上來這裡，只是想查清楚一些事。」

邁爾斯看了貝麗一眼。她回答，「什麼事？」

「首先，這件騙局到底是你們倆之中的哪一個編出來的？或者是你們一起規劃的？」

邁爾斯緩緩地說，「這話太難聽了，丹尼，不要那樣講。」

「算了吧，我們就別再拐彎抹角了。如果說這話就難聽，你們做出來的事更難看。我是說，僞造競業條款、僞造專利轉讓，這可是觸犯聯邦法律嘍，邁爾斯。我想他們會把你關在黑牢，每兩週的星期三用管子把陽光送進去給你。我不確定，不過ＦＢＩ一定可以告訴我。」看到他退縮了一下，我又說，「就在明天，我會去找他們。」

「丹尼，你不會愚蠢到搞這種麻煩吧？」

「麻煩？我打算用所有方法攻擊你們，不管是民事和刑事，我要細數你們所有罪狀。你們會來不及應付……除非你同意一件事。不過，我還沒提到你的第三個小罪過，竟然偷竊我的萬能法蘭克筆記和設計圖，還有那個試驗機種。不過你們也許能要求我支付原料的費用，因爲我的確算在公司的帳上。」

「偷竊？胡說八道！」貝麗語氣凶惡地說，「你是爲公司工作的。」

「是嗎？我都是在晚上做的。而且我從來就不是公司員工，貝麗，你們都知道。我只是從我的股利中提款作爲生活開銷。要是我提出一份刑事訴訟，告訴曼尼克斯說他們有興趣要買的東西，包含幫傭姑娘、威利，還有法蘭克從來就不曾屬於公司，而是從我這邊偷走的，他們會怎麼說？你們這可是偷竊，我可以去告發的。」

「胡說八道！」貝麗又冷冷地說了一次，「你爲公司工作，你有合約。」

我靠著椅背仰頭大笑，「聽我說，兩位現在不必說謊，這種話就留到法庭的證人席上再說吧。這裡沒有別人，只有我們這幾隻小貓。我眞正想知道的是，到底是誰想出來的？我知道這是怎麼做到的。貝麗，妳以前常常拿文件進來給我簽名。如果要簽的文件不只一份，妳會把其他文件放在第一份後面，全部夾好，當然是爲了讓我方便；妳一向是個完美的秘書。至於後面的文件，我只看得到要簽名的地方。現在我知道妳把一些鬼牌偷偷塞進其中幾份疊得很整齊的文件堆裡。因此，我知道妳是詐騙的實際執行者，邁爾斯做不到。邁爾斯連個字都打不好。可是你們騙我簽的那些文件上的字句？是妳嗎？我猜不是……除非妳曾經受過法律教育，而妳從來沒提過。邁爾斯，你怎麼說呢？一個小小的速記員，能夠把那個美妙的第七條寫得那麼漂亮嗎？還是需要律師的能力？我說的就是你。」

邁爾斯的雪茄早就熄了。他把嘴裡的雪茄拿下來，盯著它看，然後小心翼翼地說，「丹尼，如果你以爲你會讓我們落入圈套，承認什麼事，那你就是瘋了。」

「算了吧，這裡沒有別人。你們兩個怎麼樣都是有罪的。但我倒希望是那個妖女來找你，把整件事打點好，計畫妥當，然後在你軟弱的時刻誘惑你。不過我知道事情並非如此。除非貝麗自己也是律師，否則你們兩個都有份，無論事前事後都是共犯。你把這些故弄玄虛的字眼寫出來，她把字打好，再設計騙我簽名，對不對？」

「不要回答，邁爾斯！」

「我當然不會回答。」邁爾斯回應，「他可能有一台錄音機藏在那個袋子裡。」

「我應該準備一台的。」我承認，「可是我沒有。」我打開袋子，佩特探出頭來。「佩特，你都記下來了嗎？兩位，說話要小心，因爲佩特有大象一般的記憶力。可惜，我沒有帶錄音機——我只是個單純的老傻瓜丹尼．戴維斯，從來不會預先策劃。我一路跌跌撞撞，信任我的朋友……就像我信任你們一樣。貝麗是個律師嗎，丹尼？或者是你蓄意又殘忍地坐下來，規劃你要如何誘騙我，搶劫我，而且讓一切看起來完全合法？」

「邁爾斯！」貝麗打斷我，「以他的技術，他完全能夠做出香菸盒大小的錄音機。也許就在他身上。」

「這個構想很好，貝麗，下次我會做一台。」

「我知道，親愛的。」邁爾斯回答，「如果他眞的有，妳的口風也太鬆了。當心妳說的話。」

貝麗回答了幾個字，那是我從來沒聽過的話。我的眉毛往上一挑，「開始吵架了嗎？竊賊之間已經起內鬨了嗎？」

邁爾斯的脾氣即將暴發，這是我想看到的。他回答，「你說話注意一點，丹尼……如果你還希望身體健康的話。」

「嘖嘖！我比你年輕，而且我最近還練習了柔道。再說，你不會開槍殺人，你只會用某種假造的法律文件陷害他。我說『竊賊』，意思就是『竊賊』。竊賊兼騙子，你們兩個都是。」我轉身看著貝麗，「我老爸告誡過我，絕對不能說一個淑女是騙子，小甜心，但妳不是淑女。妳是騙子……也是竊賊……還是個無恥的蕩婦。」

貝麗脹紅了臉，露出猙獰的表情——她的美麗外表消失，露出底下掠食猛獸的模樣。「邁爾斯！」她尖叫，「難道你打算坐在那裡，讓他……」

「安靜！」邁爾斯命令道，「他的無禮是意料中事。他的意圖就是激怒我們，讓我們說出會後悔的話。而妳現在幾乎就讓他得逞了，所以請妳別多話。」貝麗閉上嘴，但臉色仍然很猙獰。邁爾斯轉身看著我，「丹尼，我一向是個實際的人。在你走出公司之前，我曾經試圖和你講理。我所希望的解決方式，是要讓你平心靜氣地接受這個無可避免的事實。」

「你的意思是，安安靜靜接受你奪走一切。」

「隨便你怎麼說，我仍然希望能夠和平解決。你不可能打贏任何官司的，但是身為律師，我知道能夠不上法庭絕對比打贏官司更好。你剛才提到，我可以做某件事來安撫你。告訴我是什麼事，也許我們可以談成一些條件。」

「我正想提這件事。你做不到，但或許可以安排。事情很簡單，請貝麗把我先前轉讓給她，作爲訂婚禮物的股票轉讓回來給我。」

「不行！」貝麗說。

邁爾斯說，「我叫妳安靜。」

我看著她，「爲什麼不行，我的前女友？我聽過律師對這一點提出的意見，既然我是考慮到妳答應嫁給我的事實，才把股票送給妳，那麼妳不只在道德上，而且在法律上都一定要還給我。那不是一個『免費的禮物』，我相信這種措辭沒錯，而是出於某種預期和約定的報酬才交給妳的某種東西，但我一直沒收到這個報酬——也就是妳這位相當可愛的美女。那麼，請妳把它吐出來，怎麼樣，嗯？或者，妳又改變心意，願意嫁給我了？」

她氣得不斷咒罵。

邁爾斯厭煩地說，「貝麗，妳只會把事情弄得更糟。難道妳不明白他是故意要惹我們生氣嗎？」他轉頭回來看著我，「丹尼，如果這就是你來這裡的目的，那麼你倒不如離開。假如情形就像你說的，你也許有點道理，可是事情不是這樣。你把股份轉讓給貝麗，是因爲你獲得的利益。」

「咦？什麼利益？那張已經支付的支票在哪裡？」

「不需要任何支票。是她對公司的貢獻，超出她職責之外的貢獻。」

我瞪大了眼睛，「多麼漂亮的說法！聽我說，老兄，假如那是對公司的貢獻，而不是對我個人，那麼你一定很清楚這件事，也會希望給她同樣數量的股票。畢竟，我們的利潤是五十五十平分的，雖然經營權在我手上……或說我以為在我手上。別告訴我，你給了貝麗一份同樣大小的股權？」

這時，我看見他們互望一眼，我突然有個強烈的預感，「你眞的給了！我敢打賭，你一定是給了，否則她根本不肯玩，對不對？如果是這樣，你可以用自己的生命打賭，她一定立刻去登記轉讓了……而且上面的日期可以證明，我是在我們訂婚的同時把股份轉讓給她的。我們訂婚的消息登在《沙漠先驅報》，然後，就在你整垮我以及她拋棄我的時候，你就把股份轉讓給她——這一切都是白紙黑字的事實！也許某個法官眞的會相信我呢，邁爾斯？你有什麼想法？」

我打中他們的要害了！從他們臉上表情的轉變，我可以看得出來，我已經無意中踩到他們的痛點，也就是我之前根本不可能知道的狀況。於是我再逼著他們……提出另一個大膽的猜想。大膽嗎？不，很合邏輯。「有多少股份呢，貝麗？和妳為了與我『訂婚』從我這裡拿的一樣多，是嗎？妳為他做的比較多，妳應該得到更多的。」我突然住口，「我就說……我剛才還在納悶，貝麗怎麼會大老遠來到這裡，就只為了和我說話——我知道妳多麼討厭跑這趟路。也許妳不是大老遠來的，也許妳一直在這裡。你們同居了嗎？或者我應該說『訂婚』

了呢？還是……你們已經結婚了？」我想了一想，「我敢打賭你們結婚了。邁爾斯，你不像我這麼過分樂觀。我敢拿我的另一件衣服打賭，如果只是婚姻的承諾，你絕對、絕對不會把股份轉讓給貝麗，但你可能會把這當作結婚禮物，前提是你要取回表決權。你不必費事回答。明天我會開始挖掘這些事實，一定也會有紀錄可查的。」

邁爾斯看了貝麗一眼，「不必浪費你的時間了，見過根特利太太。」

「是嗎？恭喜你們，你們眞是天生一對。現在就來談談我的股票。既然根特利太太不能嫁給我，那麼……」

「別開玩笑了，丹尼，我已經推翻你那個荒謬的猜測。我的確將一部分股權轉讓給貝麗，就像你一樣，基於同樣理由，對公司的貢獻。就像你說的，這些事情都是白紙黑字。貝麗和我是在一個多星期以前才結婚的……但是如果你去查，你會發現股份登記在她名下已經有一段時間了。你無法說這些事有關的。不是的，她之所以會收到我們兩個給的股票，是因爲她對公司的重要價值。然後，在你拋棄她，離開公司之後，我們才結婚的。」

這讓我覺得很挫折。邁爾斯太聰明了，不會說那麼容易戳破的謊言。但這其中有件事不太對勁，有一件事我還沒弄清楚。

「你們是何時何地結婚的？」

「聖巴巴拉市法院大樓，上星期四。雖然不關你的事，但我還是告訴你。」

「或許眞的不關我的事，不過股份是什麼時候轉讓的？」

「我不知道確切的日期。如果想知道，你可以自己去查。」

眞該死，若說貝麗眞正嫁給他之前，他就先將股份交給她，這聽起來實在不像眞的。只有我才會上那種當，這可不合乎他的個性。「有件事讓我很納悶，邁爾斯。假如我找個偵探來調查，是不是有可能發現你們兩個結婚的日期稍微早了一點？也許在優瑪？還是拉斯維加斯？或者是你們兩個北上雷諾市稅務聽證的那一次？也許我們會發現，有這樣一個結婚紀錄，也許有股份轉讓的日期，還有我的專利轉讓給公司的日期，可能會驚人地一致，是吧？」

邁爾斯一聲不吭，甚至沒瞧貝麗一眼。至於貝麗，她臉上的憎恨已經到了極點。可是這麼說似乎很合理，所以我決定乘著這個直覺，把它發揮到極致。

邁爾斯只是說，「丹尼，我對你一直很有耐心，也一直努力要安撫你，可是我得到的只有侮辱。所以，我想你該趁早離開，否則我眞的會把你們扔出去，你和你那隻滿身跳蚤的貓！」

「帥呀！」我回答，「這是你今天晚上所說的第一句有男子氣概的話。不過，千萬別說佩特『滿身跳蚤』。他聽得懂人話，而且他很可能咬你一口。好，我的老夥伴，我會走人，但我想要說段簡短的謝幕致辭，非常短。這大概是我必須對你說的最後一句話，可以嗎？」

「嗯……好吧，長話短說。」

貝麗急躁地說，「邁爾斯，我要和你談談。」

他沒轉頭看她，只是打手勢要她安靜，「說吧，越短越好。」

我轉看看著貝麗，「妳大概不會想聽這段話，貝麗，我建議妳離開。」

她當然留了下來。這正中我的下懷。我回頭看著他，「邁爾斯，我對你其實不怎麼生氣。男人願意爲一個壞女人做的事，遠超乎一般人的想像。如果連參孫和馬克安東尼都避不過，我怎麼期待你能免疫？按理說，我不應該生氣，而是應該感激你。我猜我會感激你，是有一點感激。我的確爲你感到遺憾。」我仔細看著貝麗，「你如今已經得到她，她都是你的問題了……我付出的代價只有一點錢，以及內心暫時無法平靜而已。可是你要爲她付出什麼代價呢？她欺騙了我，甚至設法說服你這個我信任的朋友，來欺騙我。說不定哪一天她會和哪個新爪牙串連起來，開始欺騙你？下星期嗎？下個月嗎？或是會等到明年呢？非常確定，就像狗改不了吃……」

「邁爾斯！」貝麗尖聲大叫。

邁爾斯氣憤地說，「滾出去！」我知道他是認眞的，於是我站了起來。

「我們也要走了。我眞心爲你感到遺憾，老夥伴。我們最初都只犯了一個錯誤，而且你和我犯下的錯誤和我一樣。可是如今只有你一個人要付出代價，這實在太遺憾了……只因爲當時的無心之過。」

他的好奇心讓他上鉤了，「你這話是什麼意思？」

「我們應該要覺得疑惑，這麼聰明、美麗、多才多藝又能幹的女人，怎麼會願意來爲我們工作，領記帳兼打字員的薪水。假如我們當時像大公司那樣採下她的指紋，請人做個例行檢查，我們可能不會雇用她……而你和我也仍然是好搭擋。」

又打中要害了！邁爾斯突然轉身看著他的妻子，而她看起來……嗯，說她像「被逼到牆角的老鼠」是不對的，老鼠的外形可不像貝麗。

而我也不可能就此甘休，我一定得趁勢繼續攻擊。我向她走過去，「貝麗，怎麼樣？如果我拿了放在妳旁邊的酒杯，請人檢查上面的指紋，我會有什麼發現？郵局有通緝照片嗎？重大詐欺罪？或是重婚罪？也許爲了錢而跟容易上當的笨蛋結婚？邁爾斯是你合法的丈夫嗎？」我彎下腰，拿起酒杯。

貝麗用力拍掉我手裡的酒杯。

邁爾斯對著我大吼。

我玩得太過火了。我實在是笨得可以，沒帶武器就走進危險動物的籠子，然後又忘了馴獸師的第一條原則，我竟然轉身背對她。邁爾斯大吼大叫，所以我轉過頭去看他。貝麗伸手到她的手提包裡……現在回想起來，她怎麼可能在這時候伸手拿菸。

然後，我感覺有根針猛力戳到我身上。

如今回想起來，在我雙膝發軟，開始滑到地毯上的時候，我只有一種感覺，驚愕不已，沒想到貝麗竟然會對我做出這種事。都到那種程度了，我仍然信任她。

四

我沒有完全不省人事。我只是在那藥剛發作時感到頭暈目眩，這藥效發作得比嗎啡還要快。邁爾斯對貝麗大聲嚷嚷些什麼，同時，在我雙膝軟倒的時候，及時抱住我的胸口，把我抓住。就在他把我拉到一旁，讓我倒在椅子上的時候，那種頭暈目眩的感覺也過去了。

雖然我是清醒的，卻有一部分的我失去感覺。我現在知道他們對我用了某種「殭屍」藥，山姆大叔對付洗腦的辦法。據我所知，這藥不曾在戰俘身上用過，不過那些傢伙在審問被洗腦的人時把它搞了出來，雖不合法卻非常有效。若要進行一整天的精神分析時，他們也會使用同樣的東西，但即使是精神科醫師，也要取得法庭命令才能使用。

老天才知道貝麗從哪裡弄來，也只有老天才知道她還騙了多少個其他傻瓜。

但我當時並沒有在想這件事，我什麼也不想。我只是垂著頭倒在那裡，像蔬菜一樣毫無抵抗力，只是聽著外界發生的一切，看著眼前的任何事。不過就算是被迫裸身騎馬的那位歌蒂瓦夫人從我前面經過（而且沒有騎馬），在她離開我的視野時，我也不會轉動眼睛。

除非有人叫我看。

佩特跳出袋子，小跑步到我呆坐著的地方，問我到底哪裡不對勁。他看到我沒有反應，就開始拚命來回摩擦我的小腿，同時要我說明。看到我仍然沒有反應，他於是爬到我大腿上，把前腳放在我胸口，直視著我的臉，想要知道到底什麼事不對勁，要我馬上告訴他，而且要非常認眞。

我沒有回答，他開始嗚咽。

這才讓邁爾斯和貝麗注意到他。剛才，邁爾斯把我弄到椅子上之後，他就轉身看著貝麗，很不高興地說，「看看妳做的好事！妳瘋了嗎？」

貝麗回答，「冷靜一點，胖子。我們一次解決他，以免後患無窮。」

「什麼？如果你以爲我會幫妳犯下謀殺……」

「少廢話！那是最合乎邏輯的作法……可是你沒有那個膽。幸好現在沒必要了，因爲那東西在他體內。」

「妳這話是什麼意思？」

「他現在是我們的乖孩子了。我叫他做什麼，他就會做什麼。他再也不會製造任何麻煩了。」

「可是……天哪，貝麗，妳不可能永遠用藥物控制他，一旦藥效退去……」

「別再用那種律師的口氣說話。我知道這東西會怎麼樣，你可不知道。等到藥效退去，無論我叫他做什麼，他都會做。我會叫他永遠不要控告我們，他就永遠不會控告我們。我叫他別再干涉我們的事，他就不會再來煩我們。我叫他去廷巴克圖，他就會去。我叫他忘了這一切，他就會忘記……但他還是會記住我叫他做的事。」

我聽著她的話，我懂她的意思，但一點也不在意。如果有人大叫「房子失火了！」我也聽得懂，不過我仍然毫不在意。

「我不相信。」

「你不相信，是嗎？」她頗有深意地看著他，「你應該相信的。」

「妳這話是什麼意思？」

「算了、算了。這個東西很有效，胖子，但我們必須先……」

就是在這時候，佩特開始嗚咽。你很難聽到貓嗚咽，甚至可能一輩子也聽不到。他們打架的時候不會這樣，無論他們傷得多麼厲害，他們從來不會只因爲不高興就會這樣。貓只有在極度悲痛之下才會這樣，他無法承受這種狀況，可是一切已超出他的能力範圍，除了哀號別無他法。

這種聲音讓人想起傳說中的報喪女妖，而且這聲音也很難忍受，已經達到令人極度不安的頻率。

邁爾斯轉過身，「那隻討厭的貓！我們得把他弄出去。」

貝麗說，「殺了他。」

「什麼？妳總是這麼極端，貝麗。丹尼會爲了那隻沒用的動物和我們拚命，這比我們奪走他的所有財產還嚴重。來吧……」他轉身拿起裝著佩特的旅行袋。

「我會殺了他！」貝麗凶悍地說，「幾個月來，我一直想要殺了那隻該死的貓。」她看看四周有沒有武器，發現壁爐旁邊的一支火鉗，便馬上跑過去拿。

邁爾斯抓起佩特的頸背，試圖把他拉出來。

這裡說的是「試圖」。佩特不喜歡被我或瑞琪之外的人拎起來，而且在他嗚咽的情況下，要是沒有非常謹慎地安撫他，我也不會把他拎起來。一隻情緒激動的貓，就像引爆劑一樣敏感。不過就算沒有不高興，佩特也不可能不抗議，就乖乖讓人抓住頸背拎起來。

佩特抓傷了邁爾斯的前臂，同時咬了他左手大拇指多肉的部分，邁爾斯痛得叫了一聲就丟下他。

貝麗尖聲大喊，「走開，胖子！」對著佩特揮動火鉗。

貝麗的意圖已經夠明顯了，而且她還有力氣和武器。但是她並不熟悉手上的武器，而佩特對他自己的武器卻熟練得很。他身子一低，躲過她大幅度揮動的火鉗，再從四個方位攻擊她，而的兩腿各中了兩爪。

貝麗尖叫著，丟下了火鉗。

我沒看到之後的精彩部分。我仍然直視著正前方，能看到大部分的客廳，但看不到視野之外的任何東西，因爲沒人叫我看別的方向。因此我大多是透過聲音了解後來的戰況，不過有一次他們回頭經過我的圓錐形視野，兩個人追逐一隻貓。然後，情勢逆轉得讓人難以置信，竟然變成兩個人被一隻貓追逐。除了那短短的一幕之外，我知道戰況的激烈程度，都是來自碰撞、奔跑、呼喊、咒罵以及尖叫的聲音。

但我猜想，他們根本碰不到他的一根貓毛。

那天晚上，發生在我身上最糟糕的事，就是佩特最光榮的時刻，他最激烈的戰役以及最光榮的勝利，我不但沒有盡收眼底，也完全無法用心品味。我看得到也聽得到，但我一點感覺也沒有。在他無可比擬的關鍵時刻，我竟然麻木不仁。

如今回想起來，心裡湧起了我當時感覺不到的情緒，但這是全然不同的事。我被永遠剝奪了這個權利，就像度蜜月時患了昏睡病一樣。

撞擊聲和咒罵聲戛然而止，沒多久，邁爾斯和貝麗回到起居室。貝麗上氣不接下氣地說，「是誰沒把紗門鉤上？」

「是妳，別再嚷嚷了，他已經跑掉了。」邁爾斯臉上和雙手都有血，他輕輕碰了一下自己臉上新鮮的抓痕，一點用也沒有。他一定在某個時刻絆了一跤，跌倒在地上，從他的衣服就看得出來，而且他的外套後面也裂開了。

「我絕對不會閉嘴的。你家裡有槍嗎？」

「什麼？」

「我要一槍打死那隻該死的貓。」貝麗的狀況比邁爾斯更糟糕。她被佩特攻擊到的區域比較多，雙腿，露出來的手臂和肩膀的皮膚。我想她大概有好一陣子不能穿露肩洋裝，而且如果不趕快找個醫師，她很有可能留下疤痕。她看起來像是剛剛和姊妹狠狠打了一架。

邁爾斯說，「坐下！」

她的回答是否定的意思，「我要殺了那隻貓！」

「那就別坐下，去梳洗一下。我會幫妳擦些碘酒之類的東西，妳也可以幫我擦。不過別管那隻貓了，我們至少把他弄走了。」

貝麗的回答顛三倒四，但邁爾斯聽懂了她的意思。「妳也是。」他回答，「多到不行。聽我說，貝麗，即使我眞的有槍——我不是說我有——而妳跑到外面開始射擊，無論有沒有打到貓，不到十分鐘，妳就會把警察引到家裡，到處打探，問一大堆問題。妳難道想要人發現他那個模樣嗎？」他伸出大拇指，向我這邊比了一下，「而且如果妳今晚沒帶槍就跑到屋外，那隻野獸可能會殺了你。」他的臉色更加陰沉，「應該要有條法律禁止飼養那種動物。他足以構成公共危險。聽聽他的叫聲。」

我們都聽得見佩特在房子周圍徘徊。這時，他已經不再嗚咽了，他正在呼號，要求他們挑種武器出去外面，看是要單打獨鬥還是一起上。

貝麗聽著那聲音，不禁打了個冷顫。邁爾斯說，「別擔心，他進不來的。我不只把妳開著的紗門鉤上，我還鎖了後門。」

「我沒有讓門開著！」

「隨便妳怎麼說。」邁爾斯四處走動，檢查窗戶是否關緊。不久，貝麗離開那房間，邁爾斯也離開了。過了一段時間，佩特終於安靜下來。我不知道他們去了多久，時間對我沒有任何意義。

貝麗先回來。她的妝扮和髮型都很完美，她已經穿上長袖高領洋裝，也換掉了破損的絲襪。除了臉上的ＯＫ繃之外，並沒有露出這場戰役的痕跡。要不是她臉上陰森森的表情，也不是這種情況下，我應該會覺得她是個賞心悅目的女人。

她向我直走過來，要我站起來，於是我站了起來。她迅速而熟練地搜了我全身，還包括褲腰內袋、襯衫口袋，以及大多數外套都沒有的左邊內裡斜口袋。她的收穫不多，裝有少許現金的皮夾、身分證、駕駛執照，鑰匙、零錢，以及一個抗煙霧的鼻用吸入器、零碎的雜物，還有裝著支票的信封，就是她自己請銀行簽發並送來給我的保付支票。她把支票翻到背面，看到我寫在上面的指定背書，一臉困惑。

「這是什麼東西，丹尼？你打算買保險嗎？」

「不是。」我可以把其他一切都告訴她，但我最多只能做到回答她的最後一個問題。

她皺起眉頭，把它和從我口袋裡撈出來的其他東西放在一起。然後她看到了佩特的袋子，顯然想起我用來當公事包的那個夾層，因爲她已經拿起袋子，把那夾層打開了。

她一下子就發現我在互助保險公司簽的十九張表格（一式四份的其中一份）。她坐下來，開始讀這些文件。我站在原地，像個裁縫師忘了收起來的模特兒。

不久，邁爾斯進來了，他穿著浴袍和拖鞋，身上有一大堆紗布和膠帶。他看起來像個剛剛被經紀人送出去挨打的四流中量級拳擊手。他頭上綁了一條繃帶，像個頭箍，在他的禿頭上前後繞了一圈，佩特一定是在他倒地的時候襲擊了他。

貝麗抬頭看了一眼，揮手要他別出聲，指一指她已經看完的那堆文件。他坐下來開始看。他閱讀的速度趕上了她，最後一頁是站在她身後看完的。

她說，「這會讓事情發生變化。」

「妳這話太輕描淡寫了。這個託付入眠指示是十二月四日，也就是明天。貝麗，他就像莫哈威沙漠日正當中時地燙手，我們得把他弄出去！」他看了一下時鐘，「他們早上就會來找他。」

「邁爾斯，每次壓力一來，你總是會變成膽小鬼。這是個好機會，也許是我們能得到的最好機會。」

「妳有什麼打算？」

「這個殭屍湯好雖好，卻有一個缺點。假設你在某個人身上打了藥，命令他去做什麼事。行，他就會去做。他會按照你的命令去做，他非做不可，但是你對催眠懂得多少？」

「不多。」

「除了法律，你還懂得什麼？你一點好奇心也沒有。接受催眠後暗示的結果，可能會造成某種衝突……事實上，這幾乎一定會和接受催眠者的真正意願產生衝突。他可能會因此落到精神科醫師的手上。要是這位精神科醫師夠厲害，他很可能會查出問題是什麼。丹尼也許會找到一個厲害的醫師，解開我給他的任何命令。如果真的這樣，他就可能惹出一大堆麻煩。」

「眞要命，妳還說這種藥一定能成功。」

「我的老天，胖子，對於生活中的一切，你總得冒點風險，這才是其中的樂趣。讓我想一想。」

過了一會兒，她說，「最簡單，也是最安全的作法，就是讓他進行這個他已經準備好要做的冬眠。他就不會再來煩我們，差不多就等於死了一樣，我們也不必冒任何風險。我們不必給他一大堆複雜的命令，然後祈禱他不會脫身，我們只需要命令他去進行冬眠，然後讓他醒過來，把他弄出去……或是先把他弄出去再讓他清醒。」她轉身看著我，「丹尼，你什麼時候要去冬眠？」

「我不去。」

「你說什麼？那這一堆是什麼東西？」她指著從袋子裡拿出來的紙張。

「冬眠的文件，互助保險的合約。」

「他瘋了！」邁爾斯說道。

「嗯……他當然是。我老是忘記，他們打了這個藥就不能眞正思考。他們可以聽和講，也能回答問題……不過一定要問正確的問題，因爲他們不能思考。」她走到很靠近我的地方，直視我的雙眼，「丹尼，我要你告訴我冬眠這件事的一切。從頭開始，一路講下來。你的文件都在這裡，顯然你是今天才簽約的，可是現在你又說你不去。把一切都告訴我，因爲我要知道你爲什麼本來要去，而你現在又說你不打算去。」

於是我告訴她。這麼說吧，我可以回答。這得用上好長一段時間，因爲我完全照她說的，原原本本地一路講下來。

「那麼，你就在那家得來速，決定不去冬眠了嗎？你反而決定過來這裡，給我們製造麻煩嗎？」

「是的。」我本來要繼續講下去，講到出城的那段路，告訴她我對佩特說了什麼，以及他對我說了什麼，告訴她我怎麼停在一家藥房，處理我的幫傭姑娘股票，我怎麼開車到邁爾斯家，佩特怎麼不想留在車子裡等，我怎麼……

但她沒有給我機會說下去，「你又改變心意了，丹尼。你很想去冬眠。你打算去冬眠。你絕對不會讓任何事阻礙你去冬眠。懂我的意思嗎？你打算做什麼？」

「我打算去冬眠。我很想去……」我的身體開始搖晃。我一直像根旗杆那樣站著，我猜已經站了一個多小時，沒動過任何肌肉，因爲沒人叫我動。我開始搖搖晃晃，慢慢倒向她。

她往後跳了一步，厲聲說，「坐下！」

於是我坐了下來。

貝麗轉身看著邁爾斯，「看吧，這就對了。我會反覆強調，直到確定他不會出錯。」

邁爾斯看了時鐘一眼，「他說過，醫師要他中午到。」

「時間多得很。不過我們最好自己開車帶他去那裡，才可以……不行，眞要命！」

「有什麼麻煩嗎？」

「時間的確太短了。我給了他足夠一整天的份量，因爲我希望讓他快點發作——免得他打我。等到中午，他就會清醒一些，足以騙過大多數人，可是騙不了醫師。」

「也許只要敷衍一下就行了。他的體檢報告已經在這裡，而且也簽了字。」

「你聽到他剛才說醫師跟他說什麼，醫師會再檢查他，看看他有沒有喝酒。這就表示醫師會測試他的反射動作，測量他的反應時間，仔細觀察他的眼睛，這可不行。我們可不能讓醫師做這些事。邁爾斯，這樣行不通的。」

「再隔一天怎麼樣？打電話給他們，說事情有點延誤了？」

「閉嘴，讓我想一想。」

不久，她開始仔細檢查我隨身帶著的文件。然後，她離開房間，馬上又帶著一個珠寶商人用的放大鏡筒回來，套到右眼，旋緊，像個單片眼鏡，繼續小心翼翼地檢查每一份文件。邁爾斯問她到底在做什麼，但她不理會他。

不久，她把放大鏡筒取下來，「謝天謝地，他們都得使用同樣的官方制式表格。胖子，把黃頁電話簿拿來給我。」

「做什麼？」

「去拿就是了，我要查清楚某家公司的確切名稱——雖然我知道是什麼，可是我想確定一下。」

邁爾斯發著牢騷，還是把電話簿拿來了。她翻查著電話簿，「沒錯，『加州精進（MASTER）保險公司』……而字母間還有足夠的空位。我希望是『機動』（MOTORS）而不是『精進』，那就太方便了——可是我在『機動保險』沒有熟人，而且我不曉得他們會不是處理冬眠。我想他們只做車險。」她抬起頭來，「胖子，你得馬上開車帶我去工廠。」

「什麼？」

「除非你知道有什麼方法能更快弄到一台電動打字機，要有高級字型和印刷色帶的那一種。不對，你自己開車去拿回來，我必須打幾個電話。」

他皺起眉頭，「我知道妳打算做什麼了。可是，貝麗，這太瘋狂了，這太危險。」

她放聲大笑，「這是你的想法。在我們合作之前，我就告訴過你，我的人脈很廣。難道憑你一個人可以敲定曼尼克斯那筆生意嗎？」

「嗯……我不知道。」

「我知道。還有，也許你不知道精進保險屬於曼尼克斯集團。」

「嗯，我不知道，而且我也看不出這會有什麼差別。」

「這就表示我的關係還在。聽我說，胖子，我以前工作的公司，曾經幫曼尼克斯處理他們的稅務損失……一直到我老闆出國。不然你以爲我們怎麼能拿到那麼好的交易條件，尤其是在不能保證丹尼願意接受這筆交易的情況下呢？我知道曼尼克斯的一切。不過，請你動作快點，去把那台打字機搬回來，我會讓你看看眞正的大師如何工作。還有，小心那隻貓。」

邁爾斯咕噥著發牢騷，但還是出了門，卻沒過多久就回來了，「貝麗？丹尼不是把車子停在屋子前面嗎？」

「怎麼了？」

「他的車子不在那裡了。」他滿面愁容。

「嗯，他大概停在街角，反正這不重要。去拿打字機，快去！」

他又離開了。我本來可以告訴他們我把車子停在哪裡，但既然他們沒問我，我也就沒想到這件事。我根本不會想。

貝麗去了別處，留下我一個人。即將天亮的時候，邁爾斯回來了，他一臉憔悴，扛著我們那台沉重的打字機，然後他們又留我一個人在那裡。

有一次，貝麗回到客廳，「丹尼，你這裡有一份文件，要保險公司處理你的幫傭姑娘股票。你不想那麼做了，你想把股票給我。」

我沒有答腔。她面有怒色，「我們這麼說吧，你眞的想把股票給我。你知道你想把股票給我。你知道的，對不對？」

「是的，我想把股票給你。」

「好，你想把股票給我。你非把股票給我不可。一定要把它給我，你才會覺得快樂。那麼，東西在哪裡？在你的車子裡嗎？」

「不是。」

「不然在哪裡？」

「我寄出去了。」

「什麼？」她的聲音變成尖叫，「你什麼時候寄出去的？你寄給誰？你爲什麼要這麼做？」

要是她把第二個問題放在最後，我一定會說出來。但我回答了最後一個問題，我也只能做到這種程度，「我轉讓出去了。」

邁爾斯走了進來，「他把東西放在哪裡？」

「他說他寄出去了……因爲他已經轉讓掉了！你最好去找到他的車子，仔細搜一下，他可能只是以爲他眞的寄出去了。去保險公司的時候，他顯然還帶在身上。」

「轉讓掉了！」邁爾斯嚷了出來，「我的天！轉讓給誰？」

「我來問他。丹尼，你把你的股票轉讓給誰？」

「給美國銀行。」她並沒有問我爲什麼，否則我一定會告訴她瑞琪的事。

她只是雙肩一沉，重重歎了口氣，「大勢已去，胖子，我們就別管股票了。要把東西從銀行手中拿走可沒那麼容易。」接著她突然挺直脊背，「除非他還沒眞正寄出去。如果他還沒寄，我就會把背面的轉讓文字清得乾淨漂亮，你會以爲東西剛從洗衣店回來。然後，他會再次轉讓股票……給我。」

「給我們。」邁爾斯糾正她。

「那只是細節問題，去找他的車子吧。」

邁爾斯過了一會兒才回來，大聲說，「車子不在距離這裡六條街以內的任何地方。我找遍所有街道，連小巷子也找了。他一定是搭計程車來的。」

「你聽到他說的，他開自己的車來的。」

「反正車子不在外面，問他是在何時何地把股票寄出去的。」

於是貝麗問我，我也就告訴他們，「就在我來這裡之前。我投進了色普維達和凡圖拉大道路口轉角的郵筒。」

「你認爲他在說謊嗎？」邁爾斯問。

「他不可能說謊，尤其是在目前的狀況下。而且他講得太明確了，不可能搞錯的。算了，邁爾斯。也許，在他去冬眠之後，他的轉讓會沒有用，因爲他已經把股票賣給我們了……至少我會讓他在幾張白紙上簽名，準備試一試。」

她的確試著取得我的簽名，而我也試著順從她的命令。但以我當時的狀況，我簽名的筆跡實在不夠好，無法讓她滿意。最後，她把一張紙從我手上搶走，咬牙切齒地說，「你讓我倒盡胃口！我簽你的名字都比這個像樣。」然後，她傾身靠近我，恨恨地說，「我眞希望我殺了你的貓。」

他們過了很久都沒再來煩我，一直到接近中午才出現。當時，貝麗走進來，「丹尼小子，我要給你打一針，你就會感覺好多了。你會覺得自己可以起來走動，而且動作就像你平常那樣。你不會對任何人生氣，尤其是對邁爾斯和我。我們是你最好的朋友。我們是的，對不對？你最好的朋友是誰？」

「是你們，妳和邁爾斯。」

「可是我不只是朋友。我是你的妹妹。說出來。」

「妳是我的妹妹。」

「好，現在我們要開車出去兜風，然後你會去冬眠。你生病了，等到你睡醒，你的病就會好。了解我的意思嗎？」

「是的。」

「我是誰？」

「妳是我最好的朋友，妳是我的妹妹。」

「乖孩子，把你的袖子拉起來。」

我沒感覺到針刺進去，在她拔出針的時候卻很痛。我坐起來，聳了聳肩，「好痛，那是什麼？」

「會讓你覺得好一點的東西，你生病了。」

「是的，我生病了，邁爾斯在哪裡？」

「他等一下就來了。伸出你的另一隻手臂，把袖子卷起來。」

我問，「爲什麼？」但我還是乖乖卷起袖子，讓她再爲我打一針。我跳了起來。

她面露微笑，「不會眞的痛嘛，對不對？」

「唔？沒錯，不痛。這是做什麼的？」

「這會讓你在路上想睡覺。然後，等我們到了那裡，你就會醒來。」

「好，我想要睡覺。我想要睡個長長的覺。」然後，我有點茫然地轉頭看看四周，「佩特在哪裡？佩特要和我一起冬眠的。」

「佩特？」貝麗說，「哎呀，親愛的，你不記得了嗎？你把佩特送到瑞琪那裡了。她會照顧佩特的。」

「喔，是的！」我咧嘴一笑，鬆了一口氣。我把佩特送去給瑞琪了，我記得把他寄出去了。這個安排很好，瑞琪很愛佩特，在我睡覺的時候，她會好好照顧他的。

他們開車帶我去沙提爾的「聯合護眠中心」，沒有自營護眠中心的小型保險公司都用這一家。我一路上都在睡覺，但貝麗一對我說話的時候，我就立刻醒來。邁爾斯留在車內，讓她帶我進去。櫃檯的小姐抬起頭來，「戴維斯嗎？」

「是的。」貝麗回答，「我是他妹妹。精進保險公司的業務到了嗎？」

「請您到第九處理室去找他——他們已經準備好，就等你們了。你可以把文件交給精進的人。」她很關心地看著我，「他做完體檢了嗎？」

「做完了！」貝麗請她放心，「我哥哥在治療的時候耽擱了。他服用了大量鎮定劑……止痛用的。」

那位接待員發出十分同情的感歎聲，「那就趕快帶他進去。穿過那道門，然後向左轉。」

在九號房裡，有個作日常打扮的男人，還有一個穿白色連身工作服的男人和一個穿護士服的女人。他們幫我脫掉衣服，像對待傻小孩那樣對我，同時，貝麗再次向他們解釋我服用了止痛鎮靜劑。等到他脫光我的衣服，讓我在臺上躺平，穿白色工作服的男人按摩了一下我的肚子，用手指深深壓進去探探看。「這一個沒問題，」他大聲說，「他是空的。」

「他從昨晚就沒吃喝任何東西。」貝麗說。

「很好！有時候，有的人進來這裡時，肚子飽得像耶誕節的火雞，眞是一點概念也沒有。」

「沒錯，確實如此。」

「好了，年輕人，握緊拳頭，好讓我把這支針打進去。」

我聽話照做，一切開始變得非常朦朧。我突然想起什麼，掙扎著要坐起來，「佩特在哪裡？我要看到佩特。」

貝麗捧著我的頭，吻了我一下，「親愛的哥哥！佩特不能來，你忘了嗎？佩特必須留在家裡陪瑞琪。」我安靜下來，而她則輕聲對其他人說，「佩特是我們的大哥，他的小女兒生病在家。」

我睡著了。

不久，我就覺得非常冷，但我動彈不得，根本抓不到被子。

五

我正在向酒保抱怨空調問題，冷氣開得太強，我們都快感冒了。「沒關係。」他要我放心，「等你睡著就感覺不到了。睡吧……睡吧……今晚例湯，甜美的睡眠。」酒保的臉孔是貝麗。

「可以給我熱飲嗎？」我繼續問，「有熱蛋酒嗎？還是熱奶油朗姆酒呢？」

「你是個肉包！」有個醫師回答，「睡覺眞是太便宜他了，把這個肉包丟出去！」

我試著伸腳勾住黃銅圍欄，想要阻止他們，但這家酒吧沒有黃銅圍欄，這很奇怪。而我仰身平躺，這更奇怪，除非他們爲沒有腳的人特別提供了床邊服務。我沒有腳，所以我怎麼可能勾住黃銅圍欄？我也沒有手。「看，喵，沒有手！」佩特坐在我胸口，不停嗚咽。

我又回到新兵的基本訓練……進階基本訓練，一定是那樣，因爲我發現自己身在海爾新兵訓練營，正在接受其中一種愚蠢的操練。他們會在你的頸子上丟雪球，要讓你變成眞正的男人。我必須去爬科羅拉多州的最高峰，山上全都是冰，而且我沒有腳。然而，我正背著最大的背包，我記得他們想要研究能不能用大兵來代替馱東西的騾子，而他們挑中了我，因爲我是消耗品。要不是小瑞琪在我身後幫忙推，我根本不可能做到。

士官長轉過身，他的臉和貝麗好像，而且他的臉孔氣得發紫，「快點，你！我可不能等你。我不在乎你是否做得到……但除非你到達那裡，否則不准睡覺。」

我沒有腳，不可能再往前走，於是我摔倒在雪地裡，地上的冰還比較暖，我就眞的睡著了，只留下小瑞琪傷心痛哭，要我千萬別睡著，但我非睡不可。

我和貝麗在床上醒來。她正搖晃著我，「醒來，丹尼！我不能等你三十年，一個女孩總要爲她的未來打算。」我試著要起來，把藏在我床底下的幾袋黃金交給她，但她已經走了……然後，不知爲何，一台有著她面孔的幫傭姑娘早已撿起所有金子，放進上方的托盤，便匆匆跑出房間。我試著追出去，但我沒有腳，這時我才發現自己根本沒有身體。「我沒有身體，也沒人在乎我……」這個世界到處都是士官長和辛苦的差事……所以工作的地點和方式又有什麼差別？我讓他們繼續捉弄我，然後回去爬那座冰山。山上一片雪白，有美麗的圓弧線條，而且只要我能爬上那座玫瑰色的山頂，他們就會讓我睡覺，而我只需要睡眠。但我根本做不到……沒有手，沒有腳，什麼也沒有。

山上有森林大火，雪沒有融化，但我感覺到上方有熱浪襲來，不停衝擊著我，而我只能不斷掙扎。那個士官長彎身看著我，「醒來……醒來……醒來。」

❖ ❖ ❖

我以爲他要叫醒我，卻又要我再睡。我有好一陣子迷迷糊糊的，不曉得發生了什麼事。

有一段時間，我躺在一張檯子上，身體下方的檯子輕輕震動著，此外還有燈光和形狀彎彎曲曲的設備，還有一大堆人。但是，等到我完全清醒，我躺在醫院的病床上，感覺很清爽，只有那種懶洋洋、輕飄飄的感覺，彷彿剛洗過土耳其浴似的。我的手腳似乎又長回來了。可是沒人肯和我說話，而且每次我試著要問問題，就會有個護士把某種物品塞進我嘴裡。有人一直在幫我按摩。

直到有天早上，我覺得自己完全恢復，一醒過來就爬下床。雖然有點輕微頭暈，但也只有這樣。我知道自己是誰，知道自己怎麼來到這裡，也知道自己一直在作夢。

我也知道是誰把我丟到這裡的。在我當時藥性發作之後，貝麗的確給了我一些命令，要我忘了她的欺騙行爲，可能是我沒有接受命令，也可能是三十年的冬眠已經抵銷了催眠的作用。我對於某些細節有點模糊，但我知道他們是如何強行把我弄進冷藏櫃的。

我對這件事倒不特別生氣。沒錯，事情是「昨天」才發生的，因爲昨天就是你睡一覺之前的那一天，但這一覺睡了三十年之久。這種感覺很難清楚形容，因爲這是完全主觀的。不過，雖然我的記憶對於「昨天」的事情還很鮮明，但實際上卻覺得那些事情非常遙遠。像是電視上的棒球投手用力一拋，你看到鏡頭往後拉向整座棒球場的內野，但他的影像還留那裡，重疊在遠拍畫面的上方，你看過這種狀況狀況吧？有點像那樣……我有意識的記憶非常逼眞，但我的情緒反應卻像很久以前在很遠的地方發生的事。

我的確打算找到貝麗和邁爾斯，把他們剁碎，做成貓食，不過這件事倒不急。明年也可以，此時此刻的我，只渴望看一眼二〇〇〇年。

不過既然談到貓食，佩特在哪裡？他應該在附近某處……除非那個可憐的小傢伙沒有活過冬眠。

直到此刻，我才想起原本費盡心思要帶佩特一起來的計畫已經遭到破壞。

我把貝麗和邁爾斯從「暫緩」的籃子拿出來，移到「緊急」的框框裡。他們竟然試圖殺害我的貓？

他們做的事比殺死佩特更糟糕，他們讓他變成野貓……他悲慘的餘生在後巷流浪，尋找殘羹剩飯，他的身體越來越瘦，而他那可愛調皮的天性也走了樣，變得不信任所有兩條腿的野獸。

他們讓他死了，他這時一定已經死了，他死的時候，或許還會以爲是我遺棄了他。

他們要爲此付出代價……如果他們還活著的話。喔，我眞希望他們還活著，這種感覺實在難以形容！

❖ ❖ ❖

我發現自己站在病床腳邊，緊抓著床欄穩住自己，身上只穿著寬大的睡衣。我環視四周，想找出可以叫人的方法。醫院病房沒有太大改變。房間沒有窗戶，所以我看不到燈光是從哪裡來的。病床又高又窄，就像我記憶中的醫院病床，但有一些跡象顯示它已經不是專爲睡覺而設計。先不說別的，床的下方似乎有某種水管，我猜那可能是個機械化的便盆，而側邊的桌子則是病床結構本身的一部分。不過，雖然我對這類機械組合通常有強烈的興趣，但此時此刻我只想找到那個呼叫護士的梨形開關，我要穿上自己的衣服。

開關不見了，它已經變成另一個樣子，一個按壓式的開關，位於那個是桌子的桌子側邊。我伸手進去摸索，終於發現了它，如果我躺著，就會在我的頭部正前方看到這個燈。這時候，燈上有幾個字，「呼叫服務」。按下去之後，上面的字一閃，幾乎立刻換成，「請稍候」。

沒多久，門靜悄悄向一旁打開，有個護士走了進來。護士沒變多少。這一個長得相當可愛，有類似教育班長的那種一板一眼的氣質。她淡紫色的短髮上戴著漂亮的小白帽，身上穿著白色制服。制服的剪裁式樣很奇怪，身體露出來的地方和一九七〇年不一樣——女人的服裝，甚至連工作時穿的制服也總是有地方露出來。即使如此，只要看到她的言行就知道她絕對是護士。

「快回到床上！」

「我的衣服在哪裡？」

「快回到床上！快回去！」

我試著和她講理，「聽我說，護士小姐，我是個自由公民，年滿二十一歲，也不是罪犯。我不必回到那張床上，也不打算回去。現在，妳是打算告訴我衣服在哪裡，還是我該就這樣走出去，開始去找衣服？」

她看著我，然後突然轉身走出去，房門打開讓她出去。

但是門卻不肯打開讓我出去。我還在努力研究這個巧妙的裝置是怎麼回事，相當確定如果有一名工程師想得出來，另一個工程師就能破解它。這時候，房門又打開了，有個男人走了進來。

「早安！」他說，「我是埃勃赫特醫師。」

在我看來，他身上的衣服像是哈林區星期天的盛裝和野餐時的休閒服裝的混合體，但他那輕快的動作和疲倦的雙眼，讓我相信他是個專業人士，我相信他。「早安，醫師，我希望能穿上自己的衣服。」

他向房裡走了一小步，剛好夠讓房門在他背後滑到適當位置，接著伸手到自己的衣服裡，拿出一包香菸。他拿出一根菸，迅速在空中揮了一下，放進自己嘴裡，開始噴菸圈，菸已經點燃了。他把菸盒遞給我，「要來一根嗎？」

「不用，謝了。」

「來吧，對你沒有傷害的。」

我搖了搖頭。我一向在煙霧彌漫的環境裡工作，從滿出來的菸灰缸，以及香菸在製圖桌上燙的黑印，就可以判斷我工作的進度。這時候看到菸讓我覺得有點暈，不曉得我的尼古丁癮是不是在睡著的這些年裡戒掉了。

「不了，不過還是謝謝你。」

「好吧，戴維斯先生，我在這裡六年了。我是個專科醫師，專長是催眠學、復甦，以及相關領域。我已經在很多地方協助了八千零七十三位病人從低溫狀況恢復到正常狀況，你是第八千零七十四人。我曾經看過他們醒來的時候做出各種奇怪的事，對外行人來說很奇怪，對我可不會。有些人想要立刻回去睡，我讓他們保持清醒，他們還對我大呼小叫。有些人眞的又回去睡，我們只好把他們送到另外一種機構。有些人開始哭個不停，因爲他們明白這是單向旅程，要回家已經太遲了，無論他們是哪一年開始冬眠的。而其中有些人，就像你，一醒來就叫人拿自己的衣服，想要跑到街上去。」

「爲什麼不行呢？難道我是犯人嗎？」

「不是，你可以穿上自己的衣服。不過我想，你會發現衣服已經過時了，但那是你的問題。然而，在我請人去拿衣服的同時，你是否介意告訴我，到底是什麼事那麼緊急，緊急到讓你非得此時此刻就去處理不可……而你已等了三十年？是的，這就是你處在低溫狀態下的時間——三十年。眞的那麼緊急嗎？待會兒再去可以嗎？或者甚至明天再去呢？」

我差點脫口說出事情緊急得要命，但卻吞了下來，面有愧色，「也許沒那麼緊急。」

「那就幫我一個忙，你能不能先回到床上，讓我爲你做個檢查，然後吃個早餐，和我談一談之後，你再去外面走走呢？我也許還能告訴你該朝哪個方向走。」

「呃，好吧，醫師。對不起，給你添了麻煩。」我爬回床上。躺下來的感覺很不錯，我突然又疲憊又緊張不安。

「不會麻煩。你應該看看幾個我們處理過的病人。我們得把他們從天花板上拉下來。」他把我身上的被子拉好，然後彎身對著床邊的小桌子說，「我是埃勃赫特醫師，在十七號房。派個看護送早餐過來，嗯……減量四號餐。」

他轉身對我說，「翻個身，把衣服拉起來，我想檢查一下你的肋骨。在我為你做檢查的同時，你可以問問題，如果你有問題的話。」

在他戳著我肋骨的同時，我試著思考。我猜他用的是一個聽診器，不過那看起來像個小型助聽器。可是他們有一件事還是沒改進，他戳在我身上的聽診器，還是像以前那樣冷冰冰硬邦邦。

經過三十年，你要問些什麼？人類登陸其他星球了嗎？這次又是誰在編造理由，要發動「終結戰爭的戰爭」呢？嬰兒從試管出來了嗎？「醫師，電影院大廳還有爆米花的機器嗎？」

「我上次去看的時候還有，但我平常很少有時間去。順便提一下，現在叫做『抓緊』，不叫『電影』了。」

「是嗎？為什麼？」

「親自試一試，你就明白了。不過記得要繫好安全帶，有幾個場景，他們會突然把整間戲院變成零重力。聽我說，戴維斯先生，我們每天都會碰到這種問題，也訂出了例行程序。我們為不同年份冬眠的人準備了詞彙表，以及歷史與文化摘要。這非常重要，因為無論我們多麼努力減輕這種衝擊，適應不良還是可能很嚴重。」

「我想也是。」

「絕對是，尤其像你這種極端的時間差距，三十年。」

「三十年是最長的時間嗎？」

「可以說是，也可以說不是。在我們處理過的例子裡，最長的是三十五年——第一位商業客戶是在一九六五年十二月進入低溫狀態的。你是我喚醒的冬眠人裡睡得最久的，但我們現在手上有合約長到一百五十年的客戶。不過像三十年這麼長的時間，他們根本不應該接受你，因為當時還不夠了解冬眠的機制。他們拿你的生命冒很大的風險，你算是幸運的。」

「真的嗎？」

「真的。翻個身。」他繼續診察我，又說，「但是，我們現在有足夠的知識，如今我會願意幫一個人準備上千年的跳躍，只要有辦法處理資金的問題……把他保持在和你一樣的溫度，放上一年做完檢查，然後在一毫秒內就把他急凍到零下兩百度。我認為他會活下去的。我們來試試你的反射動作。」

我不覺得那個「急凍」聽起來有什麼好處。埃勃赫特醫師繼續說，「坐起來，交叉雙腿。你不會覺得語言問題有困難。當然，我是很小心地用一九七〇年的詞彙來談話——能夠以適合的語言和任何一位病人打開話匣子，這點讓我覺得相當自豪；我曾經做過相關的催眠學習。但是，不必一個星期，你就可以完全用當代的習慣用語講話，其實只是多了一些詞彙而已。」

我本來想告訴他，他至少用了四次一九七〇年沒用過的詞彙，或至少用法不是那樣，但後來我覺得這實在不禮貌。「暫時就這樣。」過了一會兒，他說，「順便提一下，蕭茲太太一直試圖和你聯繫。」

「誰？」

「你不認識她嗎？她說她是你的一個老朋友。」

「蕭茲……」我喃喃念著，「我想我在不同時期曾經認識好幾個『蕭茲太太』，但我唯一想得起來的是我小學四年級的老師，但她應該已經死了。」

「她也可能冬眠了。你可以等一陣子，覺得準備好了再回電給她。我會簽字讓你出院。但如果你夠聰明，就會在這裡多留幾天，好好吸收需要重新適應的資訊。我晚一點會再來看看你。那就『二十三，溜啦！』就像他們在你的時代常說的那樣。嗯，看護幫你送早餐來了。」

我相信他當醫師會比語言學家稱職。但是在我看到那個看護的時候，我就不再想這件事了。它滾了進來，小心翼翼地避開埃勃赫特醫師，而醫師則是直走出去，一點都不注意它，而且他根本沒打算避開。

它熟練地滑了過來，把安裝在床側的桌子調整好，轉到我面前，把桌面打開，然後把我的早餐放在桌上擺好，「要幫您倒咖啡嗎？」

「是的。」我不是眞的要它倒咖啡，因爲我比較喜歡在吃完其他東西之後，仍然有熱騰騰的咖啡，但我想看看它倒咖啡的樣子。

我眞是太高興了，簡直目眩神迷……這是萬能法蘭克！

不是邁爾斯和貝麗從我身邊偷走的那台湊合出來的第一個機型，當然不是。這機器像第一台法蘭克的程度，差不多就像渦輪跑車和第一輛不必用馬的車的程度，但人總會一眼就看出自己的作品。我設計了基本的模式，而這台機械人乃是必然的進展……法蘭克的曾孫，它變得更進步、更漂亮，更有效率，但還是相同的血統。

「還有別的事嗎？」

「等一下。」

我顯然說錯話，因爲這台機械從機體內拿出一大張硬塑膠片，把它交給我。這張塑膠片仍然用一條細細的鋼鍊繫在它身上。我看著那張膠片，發現上面印著：

語音命令型：勤勞夥計十七代A

重要事項！！本自動機械人不理解人類語言。它只是一台機器，毫無理解能力。但是為了您的方便，它設計為可針對一系列語音命令做出反應。它會忽略在它面前所說的清單以外的任何事，如果有任何語句啓動不完全，或是電路矛盾的情形，請拿出這張說明卡片，仔細閱讀。

謝謝！

阿拉丁自動工程公司，製造勤勞夥計、威力抹、製圖阿丹、建築工、綠拇指及保姆。

訂制機械設計師暨自動化問題諮詢

「隨時為您服務！」

這個廣告詞底下是他們的商標，畫的是阿拉丁摩擦油燈，神燈精靈則是半身模樣。

底下接著是一大串簡單的命令，停、去、要、不要、慢一點、快一點、過來這裡、叫護士……等等。然後，有個比較短的清單，列出像是擦背等醫院裡常見的工作，也包括了一些我從來沒聽過的命令。中間有一段突然不見，但加了一句話，「八十七到第二四二號命令僅供醫院人員使用，因此省略。」

我沒有幫第一台萬能法蘭克編寫語音控制碼，使用者必須敲打控制台上的按鈕。倒不是我沒有想到，而是因爲只是必備的音聲分析裝置和切換開關，都比第一代法蘭克的機體更重、更大、更貴，就沒別的好說了。我相信自己一定先得了解微型化和簡化的一些創新技術，才可能在這裡從事工程行業。但我迫不及待想要開始，因爲從勤勞夥計身上，我看出太多新的潛在價值，現在絕對會比從前任何時候都更好玩。工程學其實是實用的藝術，而且比較需要的是科技整體的進步，而不是個別工程師的能力。好比當鐵路建設的時代來臨，自然是建設鐵路的好時機，在這之前則不行。看看可憐的蘭利教授，那架飛機本來應該能飛的。他眞的很有才華，也投入了必要的創造力，但他只是早了幾年，無法得到他當時需要卻得不到的工業技術，令他傷透了心。或者再看看偉大的李奧納多．達文西，遠遠超過他的年代，他最才華洋溢的概念在當時根本建造不出來。

我在這裡（不，我是說「現在」）一定會很好玩。

我把說明卡片還給它，然後下床去找找看它有沒有資訊板。我有幾分盼望看到那張須知最底下有「幫傭姑娘」的字樣，於是我開始納悶「阿拉丁」是不是曼尼克斯集團的子公司。除了型號、序號、製造廠等等，它的資訊板並沒有告訴我太多其他資訊，但的確列出了專利，大約四十個——而最早的那一個，實在太有意思了，竟然是在一九七〇年……幾乎確定是以我的試驗機種爲基礎。

我在桌上找到一枝鉛筆和便條紙，匆匆寫下第一個專利的編號，但我的興趣純粹是在才智方面。即使眞的是從我這邊偷走（我確信一定是那樣），也早在一九八七年就已經到期——除非他們已經改了專利法——也只有在一九八三年之後授予的專利還在期限內。但我很想知道。

機械人身上有個燈光亮起來，於是它說，「有人在呼叫我。我可以離開嗎？」

「唔？當然可以。快跑吧！」它又要伸手去拿那張命令用語單，我急忙說，「去！」

「謝謝！再見。」它從我身邊繞過去。

「謝謝你！」

「不客氣。」

幫這玩意兒輸入語音回應的人，有著讓人聽起來很舒服的男中音。

我回到床上，開始吃早餐，我把它放在那裡等它變涼——卻發現食物沒有變涼。減量四號早餐大概夠餵一隻中等體型的鳥，但我發現那樣就夠了，雖然我本來非常餓。我猜我的胃收縮了不少。直到我吃完東西，我才想起這是我幾十年來吃到的第一口食物。我那時才注意到，因爲他們放了一份菜單——有一樣我以爲是培根的東西，寫的卻是「烤酵母片，鄉村風味」。

但儘管已經三十年沒吃東西，我的心思卻沒放在食物上。他們送來的早餐還附了一份報紙，二〇〇〇年十二月十三日星期三的《大洛杉磯時報》。

報紙沒變多少，至少在版型上沒太大改變。大小和小報一樣，這紙彷佛上過釉似的，一點也不粗糙，而且它的附圖若不是全彩，就是黑白的立體圖——我怎麼也想不通最後這個巧妙的機關是怎麼做到的。在我很小的時候，就有不需要特殊裝置也能看的立體圖片。五〇年代時，我還是個孩子，就對廣告冷凍食物用的立體圖片深深著迷。但那些圖片都需要相當厚的透明塑膠片，裡面有無數個極微小的稜柱，而這些卻只是印在薄薄的紙張上，而這些圖卻有深度。

我終於不再想下去，繼續閱讀報紙的其他部分。勤勞夥計把那東西用讀報架排好，有那麼一下子，我只能讀頭版，因爲我實在想不出要怎樣打開那個討厭的東西。這幾張報紙似乎夾得死緊。

終於，我無意中碰到第一張紙的右下角，它卷起來，然後就不見了……在那一點觸發了靜電現象。每次我碰觸到那一點，其他幾張報紙就會一頁頁地俐落翻開。

報紙至少有一半的內容看來如此熟悉，差點勾起我的鄉愁——「今日運勢、市長舉行新水庫落成典禮、紐約議員說安全限制條例影響新聞自由、巨人隊連勝兩場、不合季節的暖化嚴重危害冬季運動、巴基斯坦警告印度」……等等，諸如此類。我來對地方了。

有幾則新聞雖然很陌生，但看一看也就懂了。比如月球太空梭仍然因雙子座流星雨暫緩任務，二十四小時太空站雖然被砸破兩個洞，但無人傷亡；四名白人在開普敦遭私刑處死，輿論要求聯合國有所行動；代理孕母爲了希望調高費用組成工會，這項要求讓「業餘工作者」變成非法；密西西比州農場主人由於違反殭屍藥取締法遭到起訴，他辯稱，「那幾個傢伙沒有打針，他們只是笨而已！」

我很清楚最後那一則是什麼意思……因爲我自己的親體身驗。

但是，仍有幾則新聞讓我完全摸不著頭緒。例如「鬼痢」仍然在蔓延，又有三個法國市鎮必須疏散，國王正在考慮是否要下令為該地區噴藥。國王？法國政治發生什麼事情都不奇怪，但是他們正在考慮用來對付「鬼痢」的這個「消毒香粉」到底是什麼東西？管它是什麼，也許是輻射吧？我希望他們挑個完全沒有風的日子……最好是二月三十日。我自己曾有一次輻射過量的經驗，因為山迪亞有個女兵部隊的愚蠢技師犯了要命的錯誤。我沒有到達那種無法承受的嘔吐階段，但我可不建議吃太多「放射能」。

洛杉磯警察局拉古納海灘分局已經配備了「草電圈」，局長警告所有不良少年離開該區。「我已經下令我的手下先動手，再開口。我一定要阻止這件事！」

我暗自提醒自己還是先離拉古納海灘遠一點，等我搞清楚到底是怎麼回事，我不想捲進去。

以上只是幾個例子。其他還有各種報導，剛開始還能看懂，到一半就跟天書一樣了。翻到「人口統計資料」的時候，新的小標題吸引了我。這裡有我熟悉的出生、死亡、結婚、離婚，現在還多了「入眠」及「出眠」，根據護眠中心字母順序排列。我查到「沙提爾聯合護眠中心」，發現自己的姓名，給了我一種溫暖的「歸屬感」。

但報紙上最有趣的還是廣告。其中一則私人廣告讓我記憶猶新，「嫵媚動人仍然年輕的寡婦，非常渴望旅行，希望能遇見興趣相近的成熟男人。目標：兩年婚姻契約。」不過，真正吸引我的是商品廣告。

幫傭姑娘和她的姊妹、堂表姊妹以及姑嬸姨婆到處都是，而且它們仍然使用那個拿著掃帚的高大姑娘的商標，最早是由我爲公司信頭設計的標誌。我感到一陣突然如來的懊悔刺痛，竟然那麼匆忙地放棄我的幫傭姑娘股票，看樣子，它好像比其他投資組合加起來還值錢。不對，我錯了。假如我當時還帶在身上，那兩個賊一定會把它拿走，假造轉讓給他們自己的文件。照這樣安排，瑞琪可以拿到股票，要是瑞琪因此變得有錢，就再好不過了。

我提醒自己，最重要的事情就是要找到瑞琪，絕對優先。她是我所知的世界僅存的一切，而且她在我心裡占了很大的地位。可愛的小瑞琪！要是她再多個十歲，我根本不會看貝麗一眼……也就不會吃這麼大虧了。

我想想，她現在會是幾歲？四十，不對，四十一歲。實在很難想像瑞琪四十一歲的模樣。話說回來，在這時代，這年紀的女人根本不算老，即使當年也是。只要站在四十呎外，根本看不出四十一歲和十八歲的女人有何差別。

如果瑞琪有錢，我會讓她請我喝杯酒，我們會舉杯悼念逝去的寶貝佩特，那個歡快的小小靈魂。

要是如果出了什麼差錯，以至於雖然我轉讓股票給她，她卻沒有錢，那麼……我會和她結婚！是的，我一定會。雖然她比我大了十歲左右，但無妨。考慮到我過去常把事情搞砸的輝煌紀錄，我需要找個年紀大一點的人來指點我，告訴我什麼可以、什麼不行，而瑞琪一定做得到。她還不到十歲的時候，就是個能打點邁爾斯和邁爾斯的家的認眞小女孩。到了四十歲，她一定還是一樣，只不過更加圓滑成熟。

我覺得非常放鬆，而且自從我醒來之後，第一次不覺得自己迷失在陌生的國度。瑞琪是一切問題的答案。

這時從我心底深處傳來一個聲音，「聽著，你這傻瓜，你不可能娶瑞琪的。像她那麼可愛的女孩，到現在一定至少結婚二十年了。她會有四個小孩……也許還有個體格比你壯碩的兒子……當然還有個丈夫，而他見到你扮演老好人丹尼叔叔的角色一定不會太高興。」

我聽著那聲音，嘴角無力下垂。我只好有氣無力地想，「好吧、好吧，所以我又沒搭上船了，但我還是要找到她。最壞的情形頂多被開槍打死。而且她畢竟是除了我之外，唯一眞正了解佩特的人。」

我翻到另一頁，一想到同時失去瑞琪和佩特，突然覺得非常淒涼難受。過了一會兒，我倒在報紙上睡著了，睡到勤勞夥計或它的孿生兄弟送午餐過來。

我夢見瑞琪把我抱在膝上說，「沒事的，丹尼。我找到佩特了，現在我們兩個都來這裡陪你。佩特，你說是不是呀？」

「喵呀！」

❖ ❖ ❖

學習新語彙很簡單，我花了更多時間去了解歷史變化。三十年可能會發生很多事，但既然別人都比我清楚箇中變化，我又何必寫下來？我不太意外大亞洲共和國把我們擠出南美洲貿易，自從台灣條約之後，這件事早已浮上檯面。我發現印度群雄割據的狀況更嚴重，也不讓我覺得意外。不過英格蘭變成加拿大一個省這件事，讓我腦袋一下子轉不過來。哪邊是尾巴，哪邊是狗？我跳到八七年的大恐慌，黃金在很多用途上是一種上好的工程原料，黃金如今很便宜，也已經不是貨幣的基礎，不曉得有多少人在轉手的過程中傾家蕩產，不過我不會把這件事看成悲劇。

我停下閱讀，開始思考能用便宜的黃金做什麼。黃金具有高密度、優良的導電性、絕佳的延展性……想沒多久又停下來，因為我知道自己得先去讀一讀技術文獻。黃金單單在原子學方面就很有價值。如果能把它用在微型化領域，在很多方面都比其他金屬更優異……想到這裡，我又停下來，想必勤勞夥計的「腦袋」裡一定塞滿了黃金。我一定得趕快開始行動，弄清楚我不在的時候，那些傢伙在「小小的密室」裡面做了什麼事。

沙提爾護眠中心沒有相關設備讓我研讀工程文獻，於是我告訴埃勃赫特醫師，我準備好出院了。他聳了聳肩，說我真是傻瓜，卻還是同意了。不過我的確多留了一晚，只是放鬆躺著，看閱讀器的字句閃過去，就讓我非常疲倦。

隔天早上，一吃完早餐，他們就拿了一些現代衣服來給我……我需要有人幫忙才能穿上衣服。服裝本身不怎麼怪異（雖然我以前從來沒穿過櫻桃紅色的長喇叭褲），但若是沒人教，我還是無法固定衣褲。我猜想，我的祖父用拉鍊也可能有過同樣的麻煩，若不曾有人逐步引導他的話。那是個「絲麗貼」接縫，我以爲我得先雇個小男生來協助我上廁所，直到我終於明白這是個根據壓力啓動的壓力感測器。

然後，在我試著鬆開腰帶的時候，褲子差點掉下來，不過沒有人嘲笑我。

埃勃赫特醫師問我，「你打算做什麼？」

「我會先去弄張市區的地圖，然後找個睡覺的地方。我不打算做其他事，只打算閱讀專業書籍，用功一陣子……也許一年。醫師，我是個過時的工程師，我可不想一直這樣下去。」

「嗯……好吧，祝你好運。如果有什麼我能幫忙的地方，別猶豫，馬上打電話來。」

我伸出手，「謝了，醫師，你眞好心。也許應該等到我和我的保險公司會計部門談一談，看看我現在的財務狀況如何，再提這件事但我不想只說幾句話就算道謝。你爲我做了那麼多事，我表達的謝意應該更具體。你懂我的意思嗎？」

他搖了搖頭，「你的好意我心領了，我的費用已經包含在我和護眠中心簽的合約裡。」

「可是……」

「不行，我不能拿，所以拜託你，我們別再談這件事了。」他握了握我的手，「再見。你留在這條滑行道上，它會帶你到總辦公室。」他猶豫了一下，「如果你還是有點累，你可以在這裡再留四天，恢復身體和重新適應，這是包括在照護合約裡的，不用白不用。你可以隨自己喜歡，決定要不要回來。」

我咧嘴一笑，「謝了，醫師，但我跟你打賭我不會回來了，除非是哪一天過來打個招呼。」

我在總辦公室走下滑行道，向站在那裡的接待員說明我是誰。它交給我一個信封，又是蕭茲太太的電話留言。我還沒打電話給她，因爲我不知道她是誰，而且除非等到客戶願意，否則護眠中心也不允許任何人的探訪或電話。我只是瞥了一眼，就把信封塞進口袋，一面在心裡想著我可能犯了個錯誤，不應該讓萬能法蘭克太萬能。以前的接待員都是漂亮女孩，而不是機器。

那個接待員說，「請往這邊走，我們的財務經理想見您。」

我也想見他，所以我踏上那條滑行道。我很想知道自己到底賺了多少，也很慶幸自己全力投入普通股，而不是採用「安全」的玩法。在八七年大恐慌的時候，我的股票一定也跌得很慘，但如今應該已經回升了。事實上，我知道至少有兩家公司如今更加值錢，我剛剛看過《時報》的財經版。我仍然帶著報紙，心想我可能想要看看其他版。

這位財務經理是個人類，雖然他看起來的確像個財務經理。他迅速握了一下我的手。

「您好，戴維斯先生，我是多堤。請坐！」

我說，「你好，多堤先生。我不會佔用你多少時間。只要告訴我這件事，我的保險公司會透過貴機構來處理結算嗎？還是我應該去他們的總公司呢？」

「還是請坐吧，我有幾件事要向您解釋。」

於是我坐下來。他的辦公室助理（又是令人懷念的法蘭克）取了一份文件夾給他，然後他說，「這幾份是您的原始合約，您要看一下嗎？」

我當然非常想看一下，因爲自從我完全清醒之後，就一直暗自祈禱，希望貝麗沒有想出方法來侵吞我那張保付支票。改造保付支票比改造個人支票困難得多，但貝麗是個聰明的女人。

看到她並未修改我的入眠委託合約，我眞是鬆了一大口氣，只不過，佩特的附帶合約，還有我的幫傭姑娘股份，當然都不見了。我猜想，她一定是把那幾張文件燒了，省得有人提出疑問。我小心翼翼地檢查她把「互助保險公司」改成「加州精進保險公司」的十幾個地方。

那女人毫無疑問是個眞正的高手。我想，若是一名刑事鑑識人員，再配備顯微鏡和對比立體顯像器，加上化學測試等等，就有可能證明每份文件都被修改過，但我可沒辦法。我不知道她是怎麼處理那張定付支票後面的背書，因爲保付支票一向是開在保證擦不掉的紙上。嗯，她大概不會只用橡皮擦吧——只要一個人想得出來，就會有另一個人比他更聰明……而貝麗聰明絕頂。

多堤先生清清喉嚨。我抬起頭來，「我們就在這裡結算嗎？」

「是的。」

「那麼我只問三個字，多少錢？」

「嗯……戴維斯先生，在我們談到這個問題以前，我想先請你多看一份文件……也要向你解釋目前的狀況。這是本護眠中心與加州精進保險公司之間的合約，針對你的活體低溫處理、照護以及復甦。你知道全部費用都必須預先付清。這對我們和你而言都是一種保護，因爲這可以保證在你在無行爲能力期間的安全。所有諸如此類的資金，都是屬於第三方託管，由高等法院處理特定事務的部門管理，然後每三個月付一次，當做我們的營收。」

「好，聽起來像是很好的安排。」

「確實如此，這樣可以保護無行爲能力的人。現在，您必須了解，本護眠中心和您的保險公司是完全不同的機構，而您與我們簽訂的照護合約，和資產管理合約是完全獨立的。」

「多堤先生，你到底想說什麼？」

「除了交給精進保險公司作爲信託的資產以外，你還有任何資產嗎？」

我仔細地想了想。我曾經有過一輛車……但老天爺才知道車子後來怎麼了。在我剛開始借酒澆愁的時候，我早已結清我在莫哈維的支票戶頭，而在我最後一次去邁爾斯家——結果被下了藥的那天——我本來也許有三、四十元的現金。書籍、衣物、計算尺（我不是那種會保存一大堆東西的人），那麼一點廢物如今也不在了。「搭公車的錢都不夠，多堤先生。」

「那麼……我非常遺憾，不得不告訴你這件事——你名下沒有任何實質的資產。」

我竭力保持冷靜，但我的腦袋有如飛機在空中亂轉，然後一頭撞到地上。「你這話是什麼意思？在我投資的股票中，有好幾支表現得很漂亮。我很清楚，報紙上這麼寫的。」我拿出早餐時看的那份《時報》。

他搖了搖頭，「很抱歉，戴維斯先生，可是你名下沒有任何股票……精進保險公司破產了。」

我很慶幸他剛才要我坐下，我全身虛脫，「怎麼發生這種事？是大恐慌嗎？」

「不，不是的，是受到曼尼克斯集團垮台的牽累……但你當然不知道這件事。事情在大恐慌之後才爆發，我想也可以說是從大恐慌開始的。不過，要不是有人有計劃地洗劫掏空——『榨幹』是比較通俗的說法——精進保險公司也不會破產。如果是普通的破產管理狀態，至少還能搶救一點財產回來。但事情並非如此。等到人們發現不對勁，公司早已只剩下空殼子……而真正的主事者早已逃出引渡的範圍。呃，我們目前法律的架構下，不可能再發生這種事，也許這會讓你覺得好過一點。」

不會，我不覺得比較好過，再說，我也不相信。我老爸說過，法律越是複雜，越是讓壞蛋有機可乘。

但他從前也常說，一個明智的人應該有所準備，隨時可以丟棄自己的家當。我眞想知道，我得丟多少次才稱得上是「明智」。

「多堤先生，我好奇問一句，互助保險的表現如何呢？」

「互助保險公司嗎？表現良好的公司。在大恐慌的時候，他們也像其他公司那樣遭到損傷，但是他們挺了過來。您還有他們的保單嗎？」

「沒有。」我沒做任何解釋，解釋也沒有用。我不可能指望互助，我從來不曾執行過我和他們簽的合約。我也不能控告精進保險公司，對一個破產的屍體提出訴訟根本沒有意義。我也許能控告貝麗和邁爾斯，如果他們還在的話——可是我爲什麼要做這種蠢事？沒有證據，一點也沒有。

此外，我也不想控告貝麗。我只想要在她身上刺滿「瑕疵品」的刺青，而且要用鈍針。然後，我再來懲罰她對佩特所做的一切。對於這個罪行，我還沒想好適合的刑罰。

我突然想起來，在邁爾斯和貝麗把我踢出去的時候，他們不就是打算把幫傭姑娘公司賣給曼尼克斯集團嗎？

「多堤先生，你確定曼尼克斯沒有任何資產嗎？難道幫傭姑娘不是他們的嗎？」

「幫傭姑娘？你是指那間家用自動設備公司嗎？」

「當然是。」

「應該是不可能。事實上，這是不可能的，因爲曼尼克斯本身已經不存在了。當然，我也不能肯定幫傭姑娘公司和曼尼克斯的人之間從來沒有任何關聯。但即使有關聯，我相信他們也沒有太多瓜葛，否則我一定聽過。」

我暫時放下這件事。如果邁爾斯和貝麗跟著曼尼克斯垮掉，那也正合我的心意。可是，另一方面，如果曼尼克斯曾經擁有幫傭姑娘公司，並且把它榨幹，那麼瑞琪所受的打擊就會像他們一樣嚴重。不論橫生過任何枝節，我都不希望瑞琪有所損失。

我站了起來。

「嗯，謝謝你小心地說出這個消息，多堤先生。我先走了。」

「先別走，戴維斯先生……我們這家機構對於我們的客戶有一種責任感，不只是根據合約內容而已。您要知道，我們絕對不是第一次碰到你這樣的狀況，因此我們的理事會準備了一小筆無條件資金任你支配，做為緊急紓困之用……」

「請不要施捨我，多堤先生，不過還是謝謝你。」

「這不是施捨，戴維斯先生，是一筆貸款。您可以說這是一筆信用貸款。相信我，我們在這類貸款幾乎沒有什麼虧損……而且我們也不希望您口袋空空地走出這裡。」

我再三思量，我甚至連理髮的錢都沒有。可是另一方面，借錢就像嘗試兩手各拿一塊磚頭游泳……而且一筆小貸款比一大堆債更難償還。「多堤先生……」我緩緩地說，「埃勃赫特醫師說，我有資格在這裡多享用四天的食宿。」

「我相信確實如此，不過我得先查閱一下你的紀錄。我們可不會在合約一到期，不管客戶有沒有準備好，就把他們趕出去。」

「我相信你們不會那樣。不過，我住的房間費用該怎麼算，像醫院病房食宿那樣嗎？」

「嗯？可是我們的房間不是出租的。我們不是醫院，只是爲我們的客戶保留一個恢復用的醫務室而已。」

「是的，當然沒錯。可是你們一定算得出來，至少就成本會計的角度來說。」

「嗯……可以說是，也可以說不是。這些金額不是用那種準則訂定的。會計項目包括折舊、間接成本、手術、儲備、餐飲廚房、人事……等等。我想我可以估算。」

「不必費事了，一般醫院等值的食宿總共大概要多少呢？」

「這就有點超出我的專業範圍了，不過呢……我想大約每天一百元吧。」

「我還可以再留四天，可以借我四百元嗎？」

他沒有回答，只是對著他的機械助理說了個數字。然後，它數了八張五十元鈔票，交到我手裡。「謝謝！」我誠心地說，同時把鈔票收好，「我會盡我的最大努力，讓這筆帳不要欠太久。六分利嗎？還是銀根會很緊嗎？」

他搖了搖頭，「這不是貸款。就像你剛才說的，我是從你未使用的時間扣掉的。」

「什麼？聽我說，多堤先生，我並沒打算要求您這麼做。當然，我是要……」

「拜託，我告訴我的助理輸入的數字，是代表我指示它付錢給你。難道你想讓我們的稽核員爲了區區四百元頭痛嗎？我本來準備借給你更多錢的。」

「嗯……那我就不跟你爭了。多堤先生，這裡到底是多少錢呢？現今的物價水準如何？」

「嗯……這是個複雜的問題。」

「給我一個大概就行了，吃一頓飯要花多少錢？」

「食物的價格相當合理。花個十元，你就可以享受非常令人滿意的一餐……如果你能謹慎選擇中等價位的餐館。」

我謝過他之後，帶著非常溫暖的感覺離開。多堤先生讓我想起在軍中服役時碰到的一位主計官。主計官只分成兩種，第一種會給你看規章裡說不能給你的條文，即使你本來有資格拿到；第二種會努力翻查規章，直到找出某個條文，讓你得到需要的東西，即使你沒有資格。

多堤屬於第二種。

這家護眠中心的大門口，就是威爾夏地鐵線。前面有幾張長凳，旁邊種了些矮樹和花卉。我坐到長凳上，仔細盤算眼前的情形，再決定要往東還是往西。在多堤先生面前，我是死鴨子嘴硬，我其實非常心煩意亂，雖然我的褲袋裡有一星期的飯錢。

但是太陽很溫暖，地鐵的嗡嗡聲聽來悅耳，而且我還年輕（至少在生理上），還有兩隻手和我的腦子。我吹著口哨「哈利路亞，我一無所有……」打開《時報》翻到「求職」欄。

我克制著瀏覽「專業人員，工程師」的衝動，立刻翻到「經驗不拘」那一欄。

那欄分類廣告短得要命，幾乎什麼也沒有。

六

第二天，也就是十二月十五日星期五，我找到了一個工作。我也惹了一點法律上的小麻煩，並且屢次因爲事物的新作法、說法和看法發生混亂。我發現，利用閱讀相關資訊來「重新適應」，就像閱讀性愛一樣，完全不可靠。

我猜想，如果我去西伯利亞的鄂木斯克，或是聖地牙哥，或是雅加達，我的麻煩應該會比較少。去到陌生國度裡的陌生城市，你的確知道風俗習慣會有所不同，但在大洛杉磯，我的潛意識會預期事物沒有任何變化，雖然我看得出這已經有了變化。三十年當然沒什麼，任何人一生當中都得經歷不只三十年的變化，但是一口氣吞下去，就是很大的差別。

就拿我完全無意間用到的一個字來說吧。這冒犯了在場的一位女士，只因爲我剛剛冬眠醒來（我連忙解釋），她丈夫才沒當場揍我一頓。我在這裡不會說這個字——說就說吧，有什麼關係？我用那個字來解釋某件事。在我小時候，這個字有很適當的用法，要是不信，就找一本老字典來查一查。在我小時候，不會有人拿粉筆在人行道上塗寫這個字。

這個字是「癖」（kink）。

還有一些其他字眼，我總是得先停下來想一想，才能正確使用。倒不見得是什麼禁忌的字眼，只是意義改變了而已。例如「招待」——「招待」以前的意思是幫你拿外套，放到臥

室裡的那個人，和出生率毫無關係，不過現在有了不同的解釋

不過我的日子還過得去。我找到一份工作，就是把嶄新的豪華大轎車壓爛，讓車子能以廢金屬的形式運回匹茲堡。凱迪拉克、克萊斯勒、艾森豪、林肯等等，各式各樣的大型、豪華、嶄新、強力的汽車，里程表上連一哩都沒有。把車子推到鉗口中間，然後鏗鏘！嘩啦！筐鎯！之後，變成鼓風熔爐裡的廢鐵。

我一開始會覺得心疼，因爲我搭乘地鐵上班，連一輛小小的代步車都沒有。我表達了自己的意見，卻差一點丟了飯碗……還好領班想起我才剛冬眠醒來，並不了解現在的狀況。

「這是個簡單的經濟問題，年輕人。這些是剩餘物資的車子，政府接受它們作爲價格補貼貸款的擔保品。車子已經出廠兩年，再也賣不掉了……所以政府就把它們報廢，銷回去給鋼鐵工業。你不可能只靠鐵礦來煉鋼，你也需要有廢鐵。就算你才剛冬眠醒來，也應該知道這一點。就事論事，優質的鐵礦那麼稀少，廢鐵的需求會越來越高。鋼鐵工業需要這些汽車。」

「可是，既然賣不出去，爲什麼一開始還要製造呢？這好像很浪費。」

「只是『好像』很浪費而已。你想讓大家失業嗎？你想拉低生活水準嗎？」

「那麼，爲什麼不把它們送到海外？在我看來，這些東西在海外的自由市場可以賣到更多錢，總比廢金屬的價值高。」

「什麼！你要破壞出口市場嗎？而且，要是我們開始傾銷汽車到海外，我們會引起大家

的怨恨，包含日本、法國、德國、大亞洲都會抗議。你打算做什麼？發動戰爭嗎？」他歎了口氣，用一種父親般的語氣繼續說，「你去公立圖書館借幾本書來看。對於這些事物，你必須先懂一點脈絡，才能提出正確的見解。」

於是我閉上嘴。我沒有告訴他，在閒暇時間裡，我都泡在公立圖書館或加州大學洛杉磯分校的圖書館，我避免承認我自己是（或曾經是）一名工程師。如今我要是自稱是個工程師，簡直就像大喇喇地走到杜邦公司，對他們說，「兄台，吾乃一煉金術士，可有需吾術效勞之處？」

後來，我只再提過一次這個話題，因為我注意到，那些價格補貼的汽車幾乎沒有幾輛是眞正可以開上路的。車子的做工很草率，而且常常缺少重要零件，像是儀表板或是空調。但有一天，從壓碎機鋸齒咬下去的聲音，我注意到那東西竟然連電動裝置都沒有，我終於忍不住說話了。

那個領班只是盯著我看，「我的天呀，年輕人，你當然不會預期他們把最好的做工用到只是做為剩餘物資的汽車上吧？這些汽車下裝配線之前就有價格補貼貸款了。」

自從那次之後，我就閉上嘴，而且不再開口。我還是專心研究工程比較好，經濟學太難理解了。

於是我有大把時間可以思考。我這份工作，從我的定義來看根本不是眞正的「工作」，所有工作都是由各種不同偽裝的萬能法蘭克完成的。法蘭克和它的兄弟操作壓碎機、把汽車放到位置上、把廢鐵拖走，計算數量，還要負責過磅；而我的工作只是站在一個小平臺上（還不能坐著），緊握著一個開關，準備在萬一有什麼問題的時候，可以停止運作。從來就沒什麼問題，但我很快就發現，每一次輪班我至少看一次出自動操作方面的故障，停止這項工作，然後派人去請故障處理小組。

嗯，一天的工資是二十一元，足夠我三餐溫飽。畢竟，事有輕重緩急。扣掉社會福利、工會費、所得稅、國防稅、健保，以及福利共同基金之後，我拿到手的大約有十六元。多堤先生說一餐十塊錢的花費並不正確；只要三塊錢，你就能吃到很像樣的一盤食物，只要你不堅持非吃眞正的肉類就行。我也不認爲有人能分辨得出漢堡肉是來自培育槽，或是廣闊的牧場。再者，常常聽說有些非法肉類可能會帶給你輻射污染，那我倒是很樂意吃替代品。

至於住在哪裡，就有點問題。由於洛杉磯在六週戰爭中並沒有遭到「一秒清除貧民區計畫」處理，因此有數量驚人、無家可歸難民聚集在此，（我想我也是其中一個，不過我當年並不認爲自己是難民），而且他們顯然後來都沒有回家，即使是那些有家可歸的人也都留在這裡。那座城市——要是能把大洛杉磯叫做一座城市的話，它比較像是個龐大雜院——在我去冬眠的時候就已經很多人了，如今更像個女用手提包擁擠。解決煙霧問題可能是一件錯誤。過去，在六〇年代的時候，有些人因爲鼻竇炎的問題，每年都會離開一陣子。

如今，都沒人離開了。

在我離開護眠中心的那一天，我的腦子裡有好幾件事，主要是：一、找個工作，二、找個睡覺的地方，三、趕上現今的工程水準，四、找到瑞琪，五、回到工程領域（盡可能自己來），六、找到貝麗和邁爾斯，然後在不會坐牢的前提下擺平他們，以及七、一些微不足道的小事，像是查詢勤勞夥計的原始專利，確認我的強烈直覺是否正確，它其實就是萬能法蘭克（如今已無關緊要，只是出於好奇心）以及查詢幫傭姑娘公司的公司歷史……等等。

上面幾件事，我是按照優先順序來排列的，因爲我在多年前早已發現（代價是大學一年級差點留級），如果你不考慮優先順序，等到大風吹的音樂一停，就只剩你一個人不知所措。當然，以上有幾項優先順序其實是同時的。在我苦學工程新知的期間，我能找到瑞琪，也可能同時尋找貝麗。但事有輕重緩急，找工作甚至比找睡覺的地方重要，因爲錢才是其他一切事物的關鍵……尤其是當你沒錢的時候。

在市區遭到六次拒絕之後，我追著一份招聘廣告，一路趕到聖伯那迪諾市，卻遲了十分鐘。當時我應該在那裡找個便宜的地方住下，但我又自作聰明地回到市中心區。找個房間，一大早就起床，看看早報上列出什麼工作，然後第一個去排隊。

我怎麼會料到呢？我在四家民宿登記候補，最後卻在公園過夜。我留在那裡，來回走動，想要保持溫暖，一直到將近午夜，然後放棄——大洛杉磯的冬天屬於亞熱帶，不過你得記得這個「亞」字。我只好到威爾夏線的一個車站避寒……而在大約淩晨兩點鐘，警察把我和其他遊民抓了起來。

拘留所似乎改進了不少。這一間很暖和，而且我猜他們會要求蟑螂也得先擦腳才能進去。

我被控告的罪名是「佔宿」。法官是個年輕人，他正看著報紙，頭也不抬地說，「這些都是初犯嗎？」

「是的，法官大人。」

「三十天，或是勞役假釋。下一個！」

他們正要把我們帶出去，但是我動也不動，「等一等，法官大人。」

「你有什麼問題？你到底認不認罪？」

「呃，我實在不知道，因爲我不知道自己到底做了什麼事。您看……」

「你想申請公設辯護律師嗎？如果你眞的要，就得先把你關起來，等到有人可以處理你的案子。據我所知，他們目前大約要等六天……不過這是你的基本權利。」

「呃，我還是不知道。也許我應該選勞役假釋，不過我不清楚這是什麼東西。我眞正希望的，是庭上能給我什麼建議，如果庭上願意的話。」

法官對法警說，「先把其他人帶出去。」接著轉頭回來看著我，「說吧！可是我敢說你不會喜歡我的建議。我做這份工作已經夠久了，早就聽過每一種騙人的故事，也對大多數的理由越來越厭惡。」

「是的，法官大人。我的事騙不了人，很容易查的。您會明白的，我昨天才從冬眠醒來，然後……」

但他的確露出厭惡的表情，「又是那種東西嗎？我常常納悶，我們的祖父母怎麼會以為他們可以把那時代的爛人丟給我們。這城市最不需要的，就是更多的人……尤其是在他們的時代過不下去的那些人。無論你來自哪一年，我真希望我可以一腳把你踢回去，讓你帶個口信給在那裡的每個人，說他們所夢想的未來並不是，我重複一次，絕對不是鋪滿黃金的。」他歎了口氣，「不過，我想那也不會有任何用處。那麼，你認為我該怎麼做？再給你一次機會嗎？然後，不到一星期你又出現在這裡嗎？」

「法官大人，我認為這是不太可能的。我有足夠的錢生活，等我找到工作，就可以……」

「嗯？如果你有錢，你怎麼會去佔宿？」

「法官大人，我甚至不知道那個名詞是什麼意思。」這一次，他讓我解釋。等我講到我怎麼會被精進保險公司騙掉所有財產的時候，他態度大變。

「那些混帳！我母親付了二十年的保費，全都被他們騙走了。你為什麼不一開始就告訴我這件事？」他拿出一張卡片，在上面寫了些東西，「拿著這個去見『剩餘物資與廢物利用管理局』的人事部門。要是沒工作給你，今天下午再回來找我。但是別再佔宿了，這不只會孳生犯罪和惡習，而且你自己的處境也會很危險，可能會遇到釣殭屍的壞人。」

就是因爲這樣，我才會找到一個打爛全新汽車的工作。但我仍然認爲，決定先找工作並沒有邏輯上的錯誤。只要一個人有豐厚的銀行帳戶，到處都可以爲家，警察也不會沒事去煩他。

我也找到了一個還算像樣的房間，而且在預算之內，位於西洛杉磯尚未變更到「新都市計畫」的一區。我想這地方以前大概是個衣帽間。

❖ ❖ ❖

我不希望任何人以爲我不喜歡兩千年。和一九七〇年比起來，我喜歡兩千年，更喜歡在他們叫醒我的幾星期後就來臨的二〇〇一年。雖然有時會突然萌生一股幾乎無法承受的鄉愁，但我覺得處在第三個千禧年開端的大洛杉磯，應該是我所僅見最美妙的地方。生活步調快速，環境乾淨，而且非常令人振奮，雖然實在太過擁擠……不過即使有這個缺點，也有一套龐大而冒險的計畫在進行著。市區的「新都市計畫」地區會讓工程師打心裡覺得賞心悅目。假如市政府有權力停止移民十年，應該就可以克服住房問題。但既然他們沒有權力，那就不得不全力應付越過山脈大批大批湧進來的移民，而他們盡了全力創造出難以置信的壯觀景象，甚至幾次失敗的規模也非常龐大。

沉睡三十年眞的很値得，因爲在我醒來之後，醫界已經克服感冒，也不再有人受流鼻水之苦。比起金星上的研究殖民地，這件事對我的意義更重大。

有兩件事讓我覺得最了不起，一大一小。大事當然是「零重力」。早在一九七〇年，我就已經知道貝博森研究院的重力研究，但我並不期望他們會研究出什麼結果，事實上也的確沒有；「零重力」所根據的理論基礎是在愛丁堡大學發展出來的。但我念書時曾經學過，重力是任誰都無能爲力的事，因爲這是空間本身就具備的特質。

所以他們自然是改變了空間的形式，而它只是暫時與局部的，但移動重物所需要的也不過如此。事物仍然必須保持與地球母星的相對關係，所以對太空船毫無用處——或者只是對二〇〇一年而言。反正我已經不再做關於未來的打賭了。據我了解，若要把東西抬高，仍然需要耗用力量來克服重力位能，反之，要放低某件東西，你必須有某種動力裝置來儲存所有動能，不然東西就會咻！不曉得飛到哪裡去了！但若只要水平搬運某樣東西，例如從舊金山到大洛杉磯，只要把它抬起來，然後浮在半空飄過去，根本不需要力量，就像溜冰選手靠鋒利的冰刀滑行。

眞是美妙！

我曾經嘗試研究相關理論，但這種數學得從張量微積分開始，實在不適合我。很少工程師是數學物理學家，也沒有這個必要，工程師只需要略懂皮毛，足以知道它在實際應用上能做什麼，知道各種作業的原理就夠了，我可以學學那些技術。

而先前提到的那件「小事」，就是「絲麗貼」織品對女性流行服飾造成的變化。裸體海水浴場倒不怎麼讓我驚訝，在一九七〇年就可以看到這種傾向。但女性用「絲麗貼」能做到的各種奇怪變化，簡直讓我驚訝地合不攏嘴。

我爺爺是一八九〇年出生的，我想她對一九七〇年的某些景象也會有同樣反應。

不過我很喜歡這個快速的新世界，而且如果不是有那麼多時間孤單得那麼難受，我一定會更快樂。不過，我眞的很疲倦。有幾次（通常是在三更半夜），我願意拿一切來換一隻傷痕累累的公貓，或是有機會帶著小瑞琪去動物園消磨一個下午……或是邁爾斯和我共同努力奮鬥的情誼，雖然當時我們當時只有辛苦的工作和夢想。

時間還是二〇〇一年初，我的功課還沒做到一半，卻開始渴望離開這份清閒的工作，回到我的舊製圖桌。在目前的工業技術下，有太多太多一九七〇年做不到的事，如今都成爲可能。我想要開始忙碌，設計幾十樣新東西。

比如說，我以爲會有自動秘書，我說的是一種機器，可以對著它口述，就能打出一封商業書信，拼字、標點符號和格式都很完美，而不需要用到人工，但還沒有這種東西。曾經有人發明一種可以打字的機器，但這東西只適合音形一致的語言，像是「世界語」，而不適合其他語言，像是「嚴重的咳嗽和打嗝，令他十分困擾（Though the tough cough and hiccough plough him through）」就無法應對。

人們不會放棄英語的不合邏輯，而去配合發明家的方便。山不向你走來，你只好向山走去。

假如一個中學畢業的女孩也能處理令人傻眼的英文拼字，打出正確的字，那麼要如何教機器做到呢？

答案通常是「不可能」，這需要人類的判斷與理解。

可是，一項發明通常是某種在發明出現以前「不可能」的事，因此政府才會授予專利。有了現今可以做到的記憶管和微型化（我原先想的沒錯，黃金果然能成爲重要的工程材料），採用這兩項技術，應該很容易把十萬個語音碼塞入一立方呎的空間。換句話說，就是把《韋氏大辭典》中的每個字都加以語音編碼，但這倒沒有必要，一萬字就綽綽有餘了。誰會期望一位普通速記員打出像是「kourbash」（埃及犀牛皮鞭）或「pyrophyllite」（葉蠟石）這類字呢？如果非得用到這個字，你就幫她把字拼出來。行，我們可以編碼讓機器在必要的時候接受拼字。語音編碼包括標點符號以及不同的格式，還要查詢某個檔案裡的位址，要印幾份，再加上傳送路線，並且提供至少一千個空白字編碼給日常工作或專業上會用到的特殊詞彙，讓機器的使用者可以自己輸入那些特殊字，只要按下記憶鍵，同時拼出一個像是「stenobenthic」（水底速記）的字，以後就不必再拼一次了。

一切都很簡單。只要把幾樣市面上已經有的玩意兒結合起來，然後排除其中的問題，就能讓它成爲大量生產的機型。

眞正的障礙是同音字。聽寫黛西聽到那個「嚴重的咳嗽和打嗝（tough cough and hiccough）」句子時的打字速度根本不會變慢，因爲每個字的發音都不一樣，但像是

「they're」和「their」以及「right」和「write」就會造成麻煩。

洛杉磯公立圖書館有英文同音字的字典嗎？眞的有，於是我開始計算無法避免的同音字配對，試著想出其中有多少字可以透過語法分析統計，利用資訊理論來處理，而有多少字會需要特殊的編碼。

我開始因爲挫折而緊張不安。不只是因爲一星期有三十小時要浪費在一個完全無用的工作上，我也不可能在公立圖書館裡進行眞正的工程工作。我需要一間製圖室，有個可以處理設計問題的工廠，商品目錄、專業期刊、計算機，以及所有其他的一切。

我決定至少得弄到一個專業人士助理的工作。我還不至於愚蠢到以爲自己恢復了工程師的身分，有太多技術還未好好吸收。有好幾次，我想到用我學到的某件新技術做什麼事，卻在圖書館發現已經有人解決了同一個問題，比我第一次的嘗試更漂亮、更優良、更便宜，而且十年或十五年前就解決了。

我需要找個工程的工作，好好吸收這些新資訊。我希望自己能弄到像助理製圖員這種工作。

我知道目前的社會已經使用有動力裝置的半自動製圖機，我看過這種機器的圖片，但還不曾親手碰到。不過我有個直覺，只要有機會，我可以在二十分鐘內學會怎麼用，因爲這種製圖機實在非常類似我曾經有過的一個概念。這台機器之於製圖桌和丁字尺的老舊方法，就像打字機之於紙筆手寫的關係。我曾經在腦袋裡構想出整個概念，如何只要敲幾個鍵，就能把直線或曲線放在畫板上的任何地方。

我雖然確定萬能法蘭克被偷了，但我非常確定自己的概念並沒有被偷，因爲我的製圖機只存在於我的腦袋，不可能出現在別的地方。可是只要有其他人也有同樣的概念，就能自然地以同樣的邏輯開發出來。就像鐵路建設的時代來臨，人們就會開始建設鐵路。

目前阿拉丁公司（製造勤勞夥計的同一家公司）生產市面上最好的製圖機之一——製圖阿丹。我掏出存款，買了一套比較好的西裝外加一個二手公事包，裡面塞滿報紙，然後出現在阿拉丁門市，說我希望能夠「買」一台，請他們示範用法給我看。

然後，等我眞正接近一台製圖阿丹的時候，我卻有經歷了最沮喪的感受，就是心理學家說的「似曾相識」，「我以前來過這裡」。那個要命的產品就像我原本想開發的樣子，絲毫不差——要是我有時間去做，而不是被綁去冬眠的話。

別問我到底爲什麼會有那種感覺，一個人絕對知道自己作品的風格。藝術評論家會說，某幅畫是魯本斯或林布蘭的作品，根據筆法、光線的處理、構圖、顏料的選擇……十幾種特徵來判斷。工程不是科學，是一種藝術，而要如何解決工程問題，總是有許多方式可供選擇。就像畫家一樣，工程設計師當然也會用各種選擇，在自己的作品上「簽名」。

製圖阿丹就給我強烈的那種感覺，我在它身上看到了自己的技術，讓我非常坐立不安。我開始懷疑世界上到底有沒有所謂的心靈感應。

我仔細找出它第一個專利的號碼。我毫不意外地發現，第一個專利的日期是一九七〇年。我決定要查清楚這玩意兒到底誰發明的。很可能是某一位教導過我的老師，而我的一部分風格就是從對方那裡學來，或者可能是某位曾經和我共事的工程師。

那位發明者可能還活著。如果是這樣，有一天我會去把他找出來……認識一下這位心智運作和我幾乎一模一樣的人。

我勉強振作起來，讓那位業務展示給我看製圖阿丹如何運作。他根本不必費事，製圖阿丹和我根本是天生一對。不到十分鐘，我就玩得比他順手，用它畫了一些很漂亮的圖形。最後，我不情不願地停下來，問到目錄定價、折扣、售後服務的安排等等，當他正準備請我在虛線上簽名，我只說會再和他聯絡，就趕快離開了。這是個卑鄙的手段，但我也只不過讓他損失一小時而已。

我從那裡直接去幫傭姑娘的總工廠，打算申請一份工作。

我知道貝麗和邁爾斯已經不在幫傭姑娘公司了。我必須工作，也要花很多時間趕上現代工程的進度，而在所剩不多的閒置時間裡，我一直在尋找貝麗和邁爾斯，更重要的是要找到瑞琪。三人都沒有登錄在大洛杉磯電話系統上，也沒有在美國境內的相關資料，我曾經付錢請人在克利夫蘭的全國總局進行一次「情報」搜尋。我更花了四倍費用搜尋貝麗，「根特利」和「達金」兩個姓都試過了。

在洛杉磯郡的選舉人登記處，我的運氣也差不多。

幫傭姑娘公司小心謹慎地承認（由一位負責處理愚蠢問題的第十七任副總裁所寫的信），他們在三十年前曾經有叫這兩個名字的主管，但是他們如今也幫不上我的忙。

對於一個時間不多，金錢更少的外行人來說，要找出一條已經冷了三十年的線索根本做不到。我沒有他們的指紋，否則我可能會試試ＦＢＩ。我不知道他們的社會安全號碼。吾國人民一向不曾任憑警政單位胡搞，因此也沒有任何政府機構一定有每個公民的相關檔案，即使有這類檔案，我也沒有權限碰。

或許找個偵探社，花上一筆錢，就能請人翻出公共事業使用紀錄、報紙檔案，以及上帝才知道的資料，然後追蹤到他們，可是我沒有可以這樣揮霍的財力，也沒有才能和時間自己去做。

我終於放棄尋找邁爾斯和貝麗，同時也答應自己，等到我負擔得起，就會立刻請專業人員去追查瑞琪的下落。我已經確定她名下沒有幫傭姑娘股份，我曾經寫信給美國銀行，詢問他們是否有（或是曾經有過）她的信託。我收到一封制式回信，表示這類事項屬於業務機密，所以我再寄一次，說我才剛冬眠醒來，而她是我還在人間的唯一親人。那次，我收到一封友好的信，由其中一位信託經理人署名，說他很遺憾，雖然我的狀況非常特殊，關於信託受益人的資訊實在無法洩露；但他覺得情有可原，因此給我否定的資訊。該銀行在任何時期，從來不曾有任何分行持有菲德瑞嘉．維姬妮亞．根特利的信託。

這確定了一件事。那兩個傢伙不曉得用什麼方法，弄走了小瑞琪手上的股票。若是照我所寫的，我的股份轉讓書絕對必須通過美國銀行，但事實上沒有。可憐的瑞琪！我們兩個都被搶了。

我又嘗試了一件事。莫哈威督學辦公室的確有個小學生名叫菲德瑞嘉·維姬妮亞·根特利的紀錄……但這名學生早在一九七一年就取走了轉學所需文件，此後就沒有任何異動的紀錄。

知道某個地方有某個人承認瑞琪曾經存在過，的確帶給我某種慰藉。可是美國境內有幾千所公立學校，她可能帶著文件去任何一所學校報到。如果要寫信給每一所學校，那得花多少時間？而且，就算學校願意回信，他們的紀錄又是否能幫我找到答案？

一個小女孩很可能就這樣消失在兩億五千萬人之間，彷彿丟進大海的小石子。

❖　❖　❖

我的調查雖然沒有成功，但我知道邁爾斯和貝麗已不在經營位置上，所以我能夠去幫傭姑娘求職。自動化裝置公司有上百家，我大可隨便找一家試試看，但幫傭姑娘和阿拉丁是自動化家電領域的大廠，就像福特和通用汽車在地面汽車的全盛時期所佔的重要地位。我選擇了幫傭姑娘，有一部分是情感上的理由，我想看看自己的老公司變成了什麼模樣。

二〇〇一年三月五日星期一，我去了他們的人事部門，到行政職那條線排隊，填了十幾份和工程毫無關係的表格，還有一份的確有關的表格……卻只得到有人告訴我，別找我們，我們會找你。

我在附近閒晃，靠著耍賴，終於勉強見到一個負責招聘的勢利眼助理。他不太情願地仔細看看那份不知有什麼意義的表格，然後說我的工程學位毫無意義，因爲我已經隔了三十年未曾使用自己的專業技能。

我向他說明我才剛冬眠醒來。

「這就更糟糕了。無論如何，我們不雇用四十五歲以上的人。」

「但我不又是四十五歲，我只有三十歲。」

「你是一九四〇年出生的，對不起。」

「你說我應該怎麼做？舉槍自盡嗎？」

他聳了聳肩，「假如我是你，我會申請年金。」

我很快走了出去，不然我會當場給他難看。然後，我走了四分之三哩路，繞到前門入口，走進大門。總經理名叫柯提士，我要求見他。

我只是強調我有事找他，就通過了最底下的兩層。幫傭姑娘公司並不使用他們自己的機械人當接待員；而是有血有肉的眞人。我終於上了好幾層樓，而且（據我判斷）離大老闆差不多兩道門，就在這裡，我碰到了一位確實嚴格把關的人，她堅持要知道我找總經理有什麼事。

我看看四周。這裡是一個相當大的辦公室，有大約四十個真人，還有一大堆機器。她厲聲說，「對不起，請說明您找他有什麼事，我會和柯提士先生的秘書查核一下。」

我用大家一定都聽得見的聲音說，「我想知道他打算對我太太怎麼樣！」

六十秒之後，我進了他的私人辦公室。他抬起頭來，「你到底是在胡說八道什麼？」

我用了半個小時，再抬出一些老舊紀錄，才讓他相信我的確沒有太太，而且我其實是這家公司的創辦人。然後他拿出雪茄和美酒，氣氛一下熱絡起來，我也見到了業務經理和總工程師，以及其他部門的主管。「我們以爲您已經死了，」柯提士告訴我，「事實上，公司的歷史是這麼說的。」

「D・B・戴維斯只是個傳聞而已。」

業務經理傑克・蓋洛威突然說，「您目前在做什麼，戴維斯先生？」

「沒什麼。我……呃，我目前在汽車業，可是我要辭職了。問這做什麼？」

「『問這做什麼？』難道還不夠清楚嗎？」他誇張地轉身看著總工程師麥克比先生，「聽見了嗎，老麥？你們工程師都一樣，完全沒有意識到這是個有力的行銷點。『問這做什麼？』戴維斯先生！因爲你是很好的行銷點，就是這樣！因爲你就是傳奇。『公司創辦人死後復活，回來看他的創作。第一台機械僕人的發明者，回來視察他的天才創造成果。』」

我急忙說，「先等一等，我不是廣告模特兒，也不是電視明星，我想要保留我的隱私。我來這裡不是爲了這種事，我的目的是找工作……工程方面的工作。」

麥克比先生的眉毛揚起，但沒說什麼。

我們爭論了好一會兒。蓋洛威努力要告訴我，我對我自己創立的公司有完全的責任。麥克比先生很沉默，不過很顯然，他認爲我不該加入他的部門。他問我我對於設計固態電路有什麼了解。我不得不承認，我對這東西的知識只限於讀過的一些非機密書籍。

柯提士終於提出了一個折衷的建議，「聽我說，戴維斯先生，你擁有一個非常特殊的地位。有人可能會說，你建立的不只是這家公司，而是整個產業。然而，正如麥克比先生指出來的，從冬眠的那一年起，整個產業已有巨大的變化。我提議，我們把您放在員工名單上，頭銜就叫……呃，『榮譽研究工程師』。」

我猶豫了一下，「這到底代表什麼？」

「您要它代表什麼，它就代表什麼。不過呢，我也坦白告訴您，我們希望您能配合蓋洛威先生。我們不只製造這些產品，我們還得賣掉它們。」

「呃，我有沒有機會做任何工程方面的事呢？」

「那就看您了。您有場地和設備，也可以做您希望做的事。」

「工廠的設備呢？」

柯提士轉頭去看麥克比，這位總工程師回答，「當然，沒問題……在合理的範圍內，當然可以。」他有很嚴重的格拉斯高的腔調，我幾乎聽不懂他在說什麼。

蓋洛威很快地說，「那就說定了。我可以先離開一下嗎？別走，戴維斯先生，我們要幫你拍張照片，和最早期的幫傭姑娘合照。」

他眞的爲我們合照。我很樂意見到她……她就是我花了好大的心力，親手組裝的那一型。我想看看她是不是還能運作，但麥克比不肯讓我啓動她，我想他一定不認爲我知道她如何運作。

❖ ❖ ❖

三月和四月，我在幫傭姑娘度過了美好的時光。我得到所有想要的專業工具、技術期刊、不可缺少的商品目錄、一個實用的圖書館、一台製圖阿丹（幫傭姑娘本身不生產製圖機，所以他們用的是市面上最好的製圖機，也就是阿拉丁出品的），以及專業人員的技術用語……聽來眞是悅耳！

我和恰克．弗洛登堡混得很熟，他是組件部門總工程師。在我看來，恰克是那裡唯一眞正的工程師，其他人都是過度一板一眼的笨拙機械工人……包括麥克比在內。我認爲，光是看這位總工程師，就能證明要成爲工程師不能只靠學位和蘇格蘭口音。等到我們更熟悉以後，恰克承認他也有同樣的感覺。「老麥其實不喜歡任何新東西，他寧願用他爺爺在美麗的克萊德河岸那樣的方式做事。」

「他到底是怎麼坐上這個位子的？」

弗洛登堡並不知道詳細情形，現在的公司過去好像是個製造公司，只是向幫傭姑娘公司租用專利（我的專利）而已。然後，大約在二十年前，進行了節稅用的合併，幫傭姑娘和製造公司換股，而新公司就用了我創立的公司名稱。根據恰克的說法，麥克比是在那時候受雇的。「我想他可能也有股份吧。」

恰克和我常常在晚上一起坐下來喝啤酒，討論公司到底需要哪些工程技術等等之類的事情。他最初之所以對我有興趣，是因爲我曾經是個冬眠人。我發現，很多人都對冬眠人感到好奇又害怕（彷彿我們是怪胎一樣），因此我盡量避免讓人知道我是。不過恰克對時間跳躍本身非常著迷，而且他的興趣相當健康，只是想知道，從一個記憶眞的只像「昨天」的人口中知道，在他出生之前的世界是什麼模樣。

他也樂意投桃報李，對我腦袋裡一直冒出來的新玩意兒提出批評，在我以爲（常常如此）大致想出某種「新」東西的時候，他會導正我……這在西元二〇〇一年已經過時了。在他親切的指導之下，我以飛快的速度吸收知識，成爲一名現代工程師

不過就在四月的某個晚上，我向他提到醞釀已久的自動秘書概念時，他緩緩地說，「丹尼，你這是在上班時間做的嗎？」

「嗯？不是，爲什麼這麼問？」

「你的合約是怎麼寫的？」

「什麼？我沒有合約。」柯提士把我放在員工名單上，然後蓋洛威拍了幾張我的照片，再請個捉刀作家問我幾個蠢問題，只有這樣。

「嗯……老兄，除非等到你確定你的立場，不然不要告訴任何人這個點子。這想法真的很新穎，我認為你可以成功。」

「我倒是沒擔心過那種事。」

「我勸你先放在心裡。你知道公司目前的狀況。我們確實賺錢，而且產品也不錯。可是這五年來，我們推出的少數幾件新東西，都是用授權方式買來的。我有什麼新東西都過不了老麥這關，但你可以跳過老麥，直接去找大老闆談，所以先不要告訴老麥……除非你是想要報答公司給你薪水，才想把它交給公司。」

我接受了他的建議。我繼續設計，但把認為做得不錯的任何設計圖燒掉——只要進到我腦袋，我就不需要設計圖了。我並不覺得內疚，他們並不是請我來當工程師的，而是付錢讓我當蓋洛威的櫥窗模特兒。等到榨乾我的廣告價值，他們會給我一個月的薪水，謝謝我，就讓我走路。

但是到那時候，我早已再度成為一個眞正的工程師，能夠成立我自己的公司了。如果恰克想要跳槽，我會帶他走。

蓋洛威並沒有把我的故事交給報紙，而是利用全國性雜誌慢慢玩。他希望能在《生活》

(*Life*)有個大版面，配合他們在三十多年前為第一台量產的幫傭姑娘所做的報導。《生活》並沒有上鉤，但那年春天，他的確將這報導置入在其他幾本雜誌上了。

我本來考慮要留鬍子。後來我發現，根本沒有人認得我，我也不在乎沒人認得我。託廣告的福，我收到幾封怪信。其中一封的寄信者，保證我會在地獄裡燃燒，直到永恆，因為我蔑視了上帝給我的人生規劃。我隨手扔了它，心裡想著，要是上帝真的反對發生在我身上的事，祂根本就不應該會讓冬眠成真。其他信件我也不在意。

但是，二〇〇一年五月三日星期四，我接到一通電話。「先生，蕭茲太太在線上，您要接嗎？」

蕭茲？真糟糕！上次和多堤先生通電話的時候，我還答應他我會處理這件事的。不過我一直拖拖拉拉，因為我不想處理。我可以確定那一定又是一個怪人，追著冬眠人跑，問他們一些難以啟齒的問題。

可是多堤告訴我，自從我在十二月出院之後，她打過好幾次電話。按照護眠中心的政策，他們拒絕告訴她我的地址，只同意轉達訊息給我。

看在多堤的分上，我也該讓她閉上嘴。「把她接過來。」

「請問是丹尼．戴維斯嗎？」我的辦公室電話沒有螢幕，她看不到我。

「我就是。您是蕭茲太太嗎？」

「喔，丹尼，親愛的，聽到你的聲音眞是太好了！」

我並沒有立刻答腔。她繼續說，「你不認得我了嗎？」

我認得她，當然認得。她是貝麗·根特利。

七

我和貝麗約了時間。

我的第一個念頭，就是叫她去下地獄，然後掛掉電話。我從很久以前就明白報復是很幼稚的，報復不可能讓佩特回來，而報復只會讓我坐牢。自從我不再四處尋找貝麗和邁爾斯之後，我就很少想到他們。

可是，貝麗很可能知道瑞琪在哪裡，所以我才會和她見面。

她希望我帶她去吃飯，但是我不肯。我倒不是對於餐桌禮儀很挑剔，不過吃飯這種事，只適合和朋友一起。我會見她，不過完全不打算和她吃飯或喝酒。我記下她的地址，告訴她我會在當天晚上八點到達那裡。

那是棟連電梯也沒有的廉價出租公寓，位於尚未納入「新都市計畫」的市區（勒布利亞下城區）。在我按門鈴以前，我就知道她沒留住從我這裡騙來的錢，不然她也不會住在那裡。

看到她的時候，我才明白，就算想報復也太遲了，歲月已經替我做到了。

貝麗的年紀絕對不少於她原先所講的五十三歲，事實上，大概更接近六十歲。藉由老年醫學和內分泌學的幫助，女人如果肯費事打點自己，至少有三十年的時間，可以保持三十歲的外貌，而且有很多人的確保養得宜。有些「抓緊」明星吹噓自己早已當了奶奶，卻仍然扮演少女的角色。

貝麗大概沒有費事保養吧。

她身材肥胖，聲音尖銳，興奮得像隻小貓。她顯然依舊把她的肉體看成是自己的主要資產，因爲她穿著「絲麗貼」居家服，露出大片肌膚，卻也展現出她是雌性、哺乳動物，飲食過度，而且運動不足。

她毫無自知之明。那個曾經敏捷的腦子已經遲鈍，只留下她的自我陶醉，以及令人無法忍受的過度自信。她發出歡喜的尖叫聲，整個人向我撲過來，我還沒來得及解開她的糾纏，她就抱著我、親吻我。

我輕輕推開她的手腕，「貝麗，冷靜點。」

「可是，親愛的！我眞的好高興能再見到你——我好興奮——我眞的好激動！」

「我相信。」我去到那裡之前，就已決定要忍住怒氣……只要問清楚想知道的事就立刻離開，但我發現這實在很困難。「還記得妳上次見到我時的事情嗎？在我身上打針，好讓你們可以把我塞進冬眠的冷藏櫃。」

她露出困惑而受傷的表情，「可是，親愛的，我們都是爲了你好才會那麼做！你當時病得那麼嚴重。」

我想她是眞的這麼相信。「算了。邁爾斯在哪裡？妳現在是蕭茲太太嗎？」

她睜大雙眼，「你不知道嗎？」

「知道什麼？」

「可憐的邁爾斯……我可憐的邁爾斯。丹尼，在你離開我們之後，他不到兩年就走了。」她的表情突然變了，「那個混帳欺騙了我！」

「那可眞令人遺憾。」我很納悶他是怎麼死的。他是摔下來或是被推下來的？還是喝了砒霜湯嗎？我決定繼續抓住重點，不讓她離題。「瑞琪後來怎麼了？」

「瑞琪？」

「邁爾斯的小女兒，菲德瑞嘉。」

「喔，那個可惡的小鬼！我怎麼會知道？她去和她奶奶一起住了。」

「在哪裡？還有，她奶奶姓什麼？」

「哪裡？土桑——或是優瑪——還是某個類似的無聊地方，也有可能是因第歐。親愛的，我不想談那個討厭的孩子——我想談談我們。」

「等等，她的奶奶姓什麼？」

「丹尼小子，你實在很煩人。我爲什麼要記得這種事？」

「是什麼？」

「喔，韓諾林……或是韓尼……韓恩茲，或者也可能是韓克利。別那麼無趣嘛，親愛的。我們來喝一杯吧，舉杯慶祝我們快樂的團聚。」

我搖了搖頭，「我不喝這種東西。」這是眞的。自從發現了酒精是無法共患難的朋友後，我頂多只和恰克．弗洛登堡一起喝杯啤酒。

「你眞的很無聊，親愛的。你不介意我來一杯吧。」她已經在倒酒了——什麼都不加的琴酒，寂寞女子的朋友。不過，她還沒喝酒，卻先拿起一個塑膠藥瓶，倒了兩顆膠囊在我的手掌心，「要來一顆嗎？」

我認得那個條紋包裝——歡喜丸。這東西應該不會中毒也不會成癮，但各界意見不同。有人強烈主張把它與嗎啡及巴比妥酸鹽歸爲同一類。「謝了，我這樣就好。」

「那就算了。」她把兩顆都吞了，接著用琴酒送下。看樣子假如我想要知道任何事，還是趕緊問一問。要沒多久，她就什麼也做不了，只會咯咯傻笑。

我抓住她的手臂，扶她坐到沙發上，然後在她對面坐下。「貝麗，把在那之後的事告訴我。妳和邁爾斯怎麼和曼尼克斯的人談？」

「什麼？我們根本沒成功。」她突然發起火來，「都是你的錯！」

「我的錯？我根本不在場。」

「當然是你的錯。你用舊輪椅做出來的那個怪東西……那個才是他們要的東西，可是後來卻不見了。」

「不見了？在哪裡不見的？」

她用貪婪又猜疑的眼神盯著我看，「你知道的，那是你拿走的。」

「我？貝麗，妳瘋了嗎？我不可能拿的。我直挺挺躺在冷藏櫃裡——我在冬眠。在哪裡不見的？什麼時候不見的？」這倒是符合我的假設，假如貝麗和邁爾斯沒有靠萬能法蘭克賺一筆，那一定被人偷走了。但是在地球上幾十億人口中，我是最不可能的那一個。自從那個悲慘的夜晚，他們以投票擊敗我之後，我就沒再看過法蘭克。「把所有事情都告訴我，貝麗。在哪裡不見的？還有，妳怎麼會以爲是我拿的？」

「一定是你。別人都不知道它有什麼重要。那堆垃圾！我告訴邁爾斯，別把它放在車庫。」

「可是就算眞的有人把它偷走，我也不相信他們眞的能讓它運作。你們還有全部的筆記和操作指南，還有設計圖。」

「我們也沒有。邁爾斯，那個笨蛋，把文件全都放在那東西裡面。就在那天晚上，我們得把它搬走，我們要保護它。」

我不想爲了「保護」這兩個字爭吵。我本來想說，他不可能把好幾磅的紙張塞進萬能法蘭克，它已經像隻塡鴨那樣塞得滿滿——這時，我想起我在它的輪椅底盤最下方做了一個臨時置物架，以便在我處理它的時候放一些工具。一個倉促的人，非常可能會把我的工作文件案倒進那個空間。

無所謂了，不管犯下一件或是幾件罪行，事情都已經過了三十年。我更想知道幫傭姑娘公司是怎麼從他們手中溜走的。「和曼尼克斯的交易失敗之後，你們怎麼處理公司？」

「我們當然繼續經營。後來，賈克辭職的時候，邁爾斯說我們必須關廠。邁爾斯是個懦夫……而且我一向不喜歡那個賈克·許密特。老是鬼鬼祟祟的。一直問我們你爲什麼會退出……好像我們可以阻止你似的！我希望我們找個好領班，繼續做下去，公司一定會值更多錢。可是，邁爾斯堅持己見。」

「然後呢？」

「然後？我們當然是授權給吉瑞工業啊。你知道吧，你現在就在那裡工作。」

我的確知道，幫傭姑娘的公司全名現在是「幫傭姑娘家電暨吉瑞工業股份有限公司」——不過商標上只寫著「幫傭姑娘」。我需要知道，而這個老肥婆能夠告訴我的事，似乎都已經問到了。

只是還有一件事讓我不解。「你們授權給吉瑞工業之後，你們就把股票賣了？」

「啥？你怎麼會有那麼愚蠢的想法？」貝麗的表情突然垮掉，開始抽抽噎噎，有氣無力地到處找手帕，然後放棄尋找，任憑眼淚流下。「他騙了我！他騙了我！那個爛人騙了我……他把我排除掉了。」她吸了吸鼻子，沉思了一會兒，才說，「你們全都騙了我……而你是最惡劣的，丹尼小子。枉費我對你那麼好。」她又開始放聲痛哭。

我想不管那個歡喜丸多少錢都不值得，也可能她喜歡哭。「他是怎麼騙妳的？」

「什麼？你在說什麼，你明明知道的。他把財產全部留給他那個骯髒的小鬼……他明明答應過要給我的……而且在他傷得那麼重的時候，我曾經那麼細心地照料他。而她根本不是他的親生女兒，這不是很清楚嗎？」

這是我一整晚聽到的第一件好消息。瑞琪顯然逃過一劫，即使他們已經把我的股票從她手裡奪走，於是我回到最重要的一點。「貝麗，瑞琪的奶奶姓什麼?還有，她們住在哪裡?」

「你問誰住在哪裡?」

「瑞琪的奶奶。」

「瑞琪是誰?」

「邁爾斯的女兒。努力想一想，貝麗，這很重要。」

這讓她又發作了。她指著我的鼻子，尖聲喊叫，「我就知道，你!你愛上她了，就是那樣。那個偷偷摸摸的卑鄙小鬼……她和那隻討厭的貓。」

一聽到她提起佩特，我感到一陣怒火上沖，但我努力抑制心中的怒氣。我只是抓住她的雙肩輕輕搖晃，「貝麗，清醒一點。我只想知道一件事。她們住在哪裡?邁爾斯寫信給她們的時候，他是怎麼寫地址的?」

她踢了我一腳，「我不想和你講話了!自從你一進來這裡，就一直好討厭。」然後，她似乎一下子清醒起來，輕聲說，「我不知道。她奶奶姓韓尼克的樣子。我只見過她一次，在法院，在她們來處理遺囑的時候。」

「那是什麼時候?」

「當然是在邁爾斯死後不久。」

「邁爾斯是什麼時候死的，貝麗?」

她又換了情緒，「你的問題太多了，簡直就像警察一樣煩人……問題、問題，問不完的問題！」然後，她抬起頭來，用祈求的語氣說，「讓我們忘了一切，只要想我們的事情就好。現在就只有你和我了，親愛的……我們眼前還有人生要過。三十九歲的女人不算老……老蕭茲說我是他見過的最青春的小東西——那個老色鬼見過的世面可不少，我告訴你！我們可以過得非常幸福，親愛的。我們……」

我實在受夠這個偵探遊戲了，「我得走了，貝麗。」

「你說什麼，親愛的？還早呀……而且我們還有一整晚的時間。我本來想……」

「我不管妳怎麼想，我現在就得走了。」

「喔，親愛的！實在太遺憾了。我什麼時候還會再見到你？明天嗎？我明天很忙，但是我會把其他約會推掉，然後……」

「我不會再和妳見面了，貝麗。」我離開了。

我沒再見過她。

我一回到家，就洗了個熱水澡，把身體刷得乾乾淨淨。接著我坐下來，努力把我剛才的所有發現組合起來。貝麗似乎認爲瑞琪她奶奶的姓是H開頭（如果貝麗的胡說八道有任何意義的話……不過這實在非常非常令人懷疑），而她們曾經住在亞利桑那州或是加州的某個沙漠城市，或許專業的偵探能夠僅憑這點線索就找到些什麼。

也可能什麼都找不到。無論如何，都得花上大把金錢和時間，我得等到自己負擔得起。

其他還有什麼重要的發現嗎？

邁爾斯在一九七二年左右死亡（貝麗是這麼說的）。如果他死在本郡，應該只要兩小時就能查得出死亡日期，然後也能找得到他的遺囑聽證會的詳情吧……假如眞像貝麗說的有那麼一場聽證會，我也許能夠查出瑞琪當年住在哪裡。法院會保留這類紀錄嗎？（我不知道。）把空白時間減到二十八年，並且找到她那麼久以前所居住的城鎮，又能怎麼樣呢？

尋找一名今年四十一歲，而且幾乎可以肯定已婚、有孩子的女人，有任何意義嗎？那個曾經是貝麗・達金的癡肥女人讓我非常震驚，我開始理解三十年的歲月究竟有什麼意義。我不是害怕瑞琪長大之後變得一點也不優雅或不和善，而是她還會記得我嗎？我不認爲她會完全忘了我，但我會不會只是一個沒有面孔的人物，只是她有時候會叫「丹尼叔叔」，養一隻帥貓的人？

我是不是也和貝麗一樣，也活在過去的幻影當中？

算了，再找她一次也不會有什麼損失。至少，我們每年還可以互寄聖誕賀卡，她的丈夫不可能連這個都反對的。

八

隔天是五月四日星期五，早上我沒去上班，反而去了郡內的檔案保管局。他們正在搬遷，要我下個月再去，於是我去了《時報》的總社，差一點因爲使用微掃描閱讀器扭傷脖子，不過我倒是有所發現。如果說邁爾斯是在我被塞進冷藏櫃之後的十二個月到三十六個月之間死亡，那麼他不是死在洛杉磯郡——如果死亡紀錄正確的話。

當然，法律並沒有規定他非得死在洛杉磯郡。你可以死在任何地方，不會有人蠢到立法管制死亡地點。

加州首府沙加緬度可能有整個州內的紀錄，我決定改天找個時間親自去查一查，於是我向《時報》資料保管處的負責人道謝，出去吃午餐，最後才回到幫傭姑娘公司。

有兩通電話訊息和一張便條等著我，全都是來自貝麗。我一看到紙上寫「最親愛的丹尼」就把它撕碎，告訴櫃檯以後別再轉接蕭茲太太找我的電話。然後，我去了會計部門，詢問會計主管能不能查到已失效股權的持有紀錄。他說他會試一試，於是我根據記憶，把曾經持有的原始幫傭姑娘股票的序號告訴他。這不需要什麼記憶力，我們一開始核發了剛好一千股，我持有前面的五百一十股，而貝麗的「訂婚禮物」是從前面切下來的。

我回到自己的小隔間，發現麥克比正在等我。

「你去了哪裡？」他想知道。

「出去辦點事。怎麼了？」

「這根本不是答案。蓋洛威先生今天進來找你兩次。我不得不告訴他，我不知道你在哪裡。」

「拜託你，要是蓋洛威眞的要找我，他最後一定找得到。如果他肯花一半時間從商品性能角度銷售，而不是滿腦子都是什麼奇怪的廣告點子，那麼公司一定會更賺錢。」我開始厭煩蓋洛威了。他應該要負責銷售，但似乎老是和公司的廣告代理商瞎混，不過這也可能是我的偏見罷了。畢竟我唯一有興趣的部分只有工程技術。至於其他事情都是文書作業，只是間接成本而已。

我知道蓋洛威要找我做什麼，而我一直在頑強抵抗。他要我穿上一九〇〇年代的服裝拍照。我告訴過他，我可以穿上一九七〇年的服裝，讓他想拍多少張照片就拍多少張，但那個一九〇〇年可是比我父親出生年還早了十二年。他說沒有人會知道這種差別，於是我告訴他算命仙對巡邏員警是怎麼說的。他說我這種態度不好。

這些企圖利用莫名其妙的點子來愚弄大眾的人，總是以爲除了他們自己以外沒人會看書寫字。

麥克比說，「你這種態度不對，戴維斯先生。」

「是嗎？對不起。」

「你的立場很微妙。你屬於我的部門，可是我卻應該讓你隨時可以配合廣告和銷售部門。從現在開始，我想你還是像大家一樣上班打卡……而且每次你要在上班時間內離開辦公室，最好先向我報備一下。請務必配合。」

我慢慢在心裡以二進位從一數到十，「老麥，你自己會打卡嗎？」

「呃？當然沒有，我是總工程師。」

「誰不知道你是，那扇門上面寫得很清楚。可是，聽我說，老麥，我在這地方當總工程師的時候，你還沒開始長鬍子呢。你眞的以爲我會向打卡鐘屈服嗎？」

他脹紅了臉，「也許不會。但我可以告訴你，如果你不照辦，你就領不到薪水。」

「是嗎？雇用我的人不是你，你也無權炒我魷魚。」

「嗯……我們走著瞧。我至少可以把你從我的部門調出去，轉到廣告部門去，那才是你應該去的地方──如果我眞的要調你的話。」他看了我的製圖機一眼，「你一定沒在這裡創作任何東西，我可不希望讓那台昂貴的機器空在那裡太久。」他輕快地點點頭，「祝你有個美好的一天。」

我跟著他走出去。有一台「辦公室小弟」滾了進來，把一個大型信封放進我的收件匣，但我不想打開來看。我到樓下的員工咖啡館，發了一頓脾氣。就像一大堆其他三倍頑固的老古董一樣，老麥還以爲創意工作只要按部就班就可以做好，難怪這家老公司好幾年沒生產任何新東西了。

管他的，反正我也不打算在這裡耗太久。

大約一小時後，我才慢條斯理回到樓上，打開那個內部郵件的信封。我以為老麥已經決定立刻拿我開刀。

但這封信是從會計部門送來的，上面寫著：

親愛的戴維斯先生：

事由：股權查詢

關於大份股權，從一九七一年的第一季到一九八〇年的第二季都根據原始股份發放股利，付給韓尼克名義的信託。本公司於一九八〇年改組，我手上關於當時的資料有點含糊不清，但看來好像是等價股票（在公司改組之後）售予「大都會保險集團」，而且如今仍然由該集團持有。至於較小份的股權，是由（正如您所猜測的）貝麗．D．根特利所持有，直到一九七二年，然後轉讓給「大山承兌公司」，該公司將股份拆成幾份，在店頭市場零碎賣掉。若有需要，我們可以追蹤每一份持股，以及公司改組後對等股票的後續狀況，但這會需要更多時間。

假如敝部門能為您提供任何進一步協助，請隨時與我們聯絡。

會計部長Y．E．路瑟

我打電話向路瑟道謝，告訴他我要的資訊都有了。我已經知道我給瑞琪的轉讓書不曾生效。因爲紀錄上顯示的一次股票轉讓是清楚明白的詐欺，所以貝麗顯然介入其中，這個叫韓尼克的人很可能是她的另一個幫手，或者是虛構的人物——在那之前，她大概已經打算捲走邁爾斯的財產了。

在邁爾斯死後，貝麗顯然很缺現金，於是賣掉了小的股份。不過，一旦股票離開她的控制，我便不在乎接下來發生了什麼事。我忘了問路瑟邁爾斯的股份後來怎麼樣了。即使瑞琪已經不再擁有股權，或許也能找出和她有關的線索。不過這時已經是星期五傍晚了，我星期一再問他。我打開那個仍然等著我的大信封，因爲我已經看到了上面的寄件人地址。

我在三月初寫信給專利局，詢問有關勤勞夥計和製圖阿丹的原始專利。我原本認爲最早的勤勞夥計只是換了名字的萬能法蘭克，但自從製圖阿丹給我令人沮喪的經驗之後，這個想法已經有點動搖了。我開始認爲，既然這個不知名的天才想出來的製圖阿丹，會如此接近我原先想像的模樣，那麼也極有可能開發出萬能法蘭克的同類。因爲兩者專利都是在同一年申請到的，而且兩個專利的擁有者（或在專利到期之前的擁有者）是同一家公司——阿拉丁，這個事實支持了我的假設。

但是我一定得弄清楚，而且假如這位發明家尚在人世，我也希望能見他一面。他也許可以教我幾手。

我先寫信給專利局，卻只收到一封官腔回信，說所有期滿專利的紀錄如今都存放在卡爾斯巴洞窟群的公共檔案中心。於是我寫信給公共檔案中心，收到另一封制式回信，附上各種費用標準。於是我第三次寫信，附上一張郵政匯票（請勿使用私人支票），請他們給我兩件專利的全部相關文件，包括說明書、專利申請範圍、設計圖、文件紀錄等的影本。

這個厚厚的信封看起來很像是我要的答案。

第一份是第四三〇七九〇九號，勤勞夥計的基本文件。我翻到設計圖，暫時先不去看說明書和專利申請範圍。反正專利申請範圍除了打官司以外根本不重要。申請專利的基本想法，就是把範圍盡可能畫到最大、最廣，再讓專利審查員一點一點啃下來——而專利律師就應運而生了。另一方面，說明書必須根據事實，但我看設計圖會比看說明書更快。

我不得不承認，它看起來不太像萬能法蘭克。它設計得比萬能法蘭克優良，功能更多，而且機械部分比較簡單。基本構想是一樣的——但這點毋庸置疑——因爲一台由索氏管來控制的機器，而且是勤勞夥計的祖先，必然和我用在萬能法蘭克上的原理相同。

我幾乎可以看到自己開發出完全同樣的裝置……有些類似法蘭克第二階段的機型。我的腦海裡曾經浮現這類想法——去除家用限制的法蘭克。

我終於翻到申請書和說明文件，看到發明者的姓名。

居然是D．B．戴維斯。

我盯著那幾個字，用走音的調子慢慢吹起《*Time on My Hands*》，貝麗又說謊了。我開始納悶，她一把鼻涕一把眼淚對我說了那麼多，其中到底有沒有任何眞話。貝麗當然是個病態說謊者，但我曾經在什麼地方讀過，病態說謊者通常有個模式，從事實開始，再加以修飾，而不是完全天馬行空胡說一通。顯而易見的是，我的法蘭克模型從來不曾「被偷」，而是由某個工程師改良它，然後以我的名字申請。

可是，曼尼克斯的交易沒有成功。我透過公司紀錄確定了這件事。貝麗說過，他們無法按照合約製造萬能法蘭克，所以和曼尼克斯的交易才會失敗。

難道說邁爾斯自己帶走法蘭克，卻讓貝麗以爲它被偷了，或者是「又」被偷了？

如果是那樣……我不再亂猜，這種胡思亂想甚至可能比尋找瑞琪更浪費時間。我必須混進阿拉丁找個工作，才可能查出他們是從哪裡弄到這項基本專利，以及是誰從這件交易得了好處。不過這件事大概也不值得做，因爲專利已經過期，邁爾斯已死，而貝麗呢，即使她曾經拿過什麼好處，也早就把它花光了。我已經證明對我來說最重要的一件事，那就是，我就是最早的發明者。我專業上的自尊獲得滿足，只要一天三餐能得到溫飽，誰又在乎錢呢？至少我不在乎。

於是，我翻到第四三〇七九一〇號，也就是第一台製圖阿丹。

那幾張設計圖眞是賞心悅目。我不可能設計得更好，這小子眞的有一套。我讚歎著它充滿效率的使用方式，以及可動零件減到最低限度，聰明的線路配置。可動零件就像盲腸——製造麻煩的來源，能拿掉就儘量拿掉。

他甚至用一台電動打字機當作鍵盤的底座，在設計圖上註明採用某個ＩＢＭ專利系列。這很聰明，這才是工業技術，千萬別重複發明你可以在街上買到的東西。

我一定要知道這個腦筋靈活的小子是誰，所以我翻動文件。

Ｄ．Ｂ．戴維斯。

❖　❖　❖

我過了一陣子，才打電話給埃勃赫特醫師。總機將電話轉接給他，我告訴他我是誰，因爲我的辦公室沒有視訊電話。

「我認得你的聲音。」他回答，「你好呀，年輕人。新工作還順利嗎？」

「好得很，他們只差還沒邀請我當合夥人。」

「給他們一點時間。其他方面還好嗎？你覺得你還能適應嗎？」

「當然！要是知道現在這個地方這麼好，我一定會早一點去冬眠。即使拿錢給我，我也不要回去一九七〇年。」

「等等！我記得很清楚。那一年我還是個孩子，住在內布拉斯加的一座農場。我常常去打獵、釣魚。我玩得很開心——比起我現在開心。」

「青菜蘿蔔，各有所好。我喜歡現在。可是，聽我說，醫師，我打這通電話，不是想談論哲學，我有個小問題。」

「說來聽聽。小問題簡單多了，大部分人都有大問題。」

「醫師，冬眠究竟有沒有可能造成失憶？」

他猶豫了一下才回答，「我想是有可能，我沒有碰過由冬眠造成的病例，不過碰過其他原因造成的。」

「什麼事情事會造成失憶？」

「很多事都有可能。最常見的原因，也許是病人自己潛意識的希望。他會忘記一連串事件，或是加以重組，因爲事實讓他無法承受。這是切切實實的心理性失憶。另外，還有最常聽到的撞到頭——創傷引起的失憶。或者，也可能是透過暗示的失憶……受到藥物或是催眠的影響。小夥子，你是怎麼了？找不到你自己的支票簿嗎？」

「那倒不是，我現在過得挺好。可是我無法將冬眠之前發生的一些事串連起來……這讓我開始擔心。」

「嗯……有沒有可能是我剛才提到的哪個原因？」

「嗯。」我慢慢地說，「全都有可能，也許除了撞到頭之外……不過，我也有可能在喝醉的時候撞到頭。」

「我剛才忘了說。」他無情地說，「最常見的暫時性失憶就是酒精造成的。聽我說，年輕人，過來找我，我們好好談一談吧。如果我找不出你煩惱的根源——畢竟我不是精神科醫師——我還可以把你轉介給某個催眠分析師，他能把你的記憶像洋蔥那樣層層撥開。他可以告訴你，在你小學二年級的二月四日當天，你上學為什麼會遲到。可是他的收費非常貴，所以你還是先來找我吧。」

我說，「醫師，我已經麻煩你太多了……你甚至還會擔心我能不能負擔費用。」

「年輕人，我一向關心我的病人，大家都是我的家人。」

於是我告訴他，萬一我還是想不出個所以然，我星期一會再打電話給他，然後就掛上電話。總之我要再仔細想一想。

公司內的大部分燈光已經熄滅，只剩我的辦公室還亮著。有一台「清潔工」系列的幫傭姑娘探頭進來，偵測到室內還有人，就靜悄悄地滑開了。我仍然坐在那兒。

不久，恰克．弗洛登堡探頭進來，「我以為你早就離開了。醒一醒，回家再繼續睡。」

我抬起頭來，「恰克，我突然有個很棒的點子。我們去叫一桶啤酒和兩根吸管。」

他仔細考慮了這個提議，「嗯，今天是星期五……而且我總得靠宿醉的腦袋，才會知道那天是星期一。」

「那就去喝吧。等我一秒，我得把一些東西塞進公事包。」

我們先喝了一些啤酒，再吃了一點食物，然後我們轉到一個音樂不錯的地方繼續喝，之後又轉到另一個沒有音樂的地方。這裡的包廂以厚厚的門簾隔開，而且只要每隔一小時左右叫點東西，店家就不會來打擾。我們進入正題，我把專利紀錄拿給他看。

恰克仔細閱讀介紹勤勞夥計原型的文件，「做得眞棒，丹尼。我眞爲你感到驕傲，小子。我要你的簽名。」

「你再看看這個。」我把製圖機的專利文件拿給他看。

「這個做得更漂亮。丹尼，你明白，你對這項工業現今局面的影響力，可能比，嗯，愛迪生當年的影響更大?你知道吧？」

「少來了，恰克，我不是在開玩笑。」我突然指向那堆影印文件，「就算是我發明其中一樣，我也不可能發明另外一樣。我沒有做……除非我對自己在冬眠以前的生活徹底糊塗了……除非我失憶了。」

「你一直在講這件事，講了二十分鐘了。可是你看起來不像腦子裡有哪條線路沒接好，而且那個工程師的腦袋沒問題呢。」

我猛拍了一下桌面，力道大得啤酒杯都搖晃起來，「我非知道不可！」

「冷靜一點。那麼，你打算怎麼辦？」

「唔？」我仔細考慮了一番，「我打算付錢請個精神科醫師幫我挖掘記憶。」

他歎了口氣，「我就知道你會這麼說。先聽我說，丹尼，我們假設你付錢給這位腦袋修理工來做這件事，而他卻告訴你什麼問題也沒有，你的記憶好得很，而且你腦袋裡的全部線路都很正常。然後呢？」

「那是不可能的。」

「他們就是這樣對哥倫布說的。你甚至還沒提到最有可能的解釋。」

「咦，什麼解釋？」

他沒有答腔，只是打手勢叫機械服務生過來，要它去拿涵蓋整個都會區的電話簿。我說，「怎樣？你要幫我叫車嗎？」

「還沒。」他快速翻查了一下這本巨大的電話簿，然後停下來，「丹尼，看一下這個。」我看了。他的手指放在「戴維斯」上面，有好幾欄戴維斯。但他指的地方有十幾個「D．B．戴維斯」——從「戴伯尼」到「鄧肯」都有。

上面有三個「丹尼爾．B．戴維斯」——其中一個是我。

「這還是不到七百萬人的區域。」他指出，「你想要拿超過兩億五千萬人的區域來碰碰運氣嗎？」

「這證明不了什麼。」我有氣無力地說。

「沒錯。」他同意，「是證明不了什麼。那也未免太巧了，我完全同意，兩個同樣這麼有才華的工程師，剛好在同一時期研究出同一種東西，也剛好同姓，而且名字的第一個字母相同。根據統計學的法則，可以知道發生這種事的可能性有多低。可是人們忘了——尤其是像你這種更有知識的人——雖然統計學法則告訴你如此特定的巧合有多麼不可能，但這些法則也同樣說明，確實會有這種巧合。現在的狀況看來就是這種巧合。我比較喜歡這個假設，總比我的酒友腦筋短路好多了，畢竟好酒友難求。」

「你認爲我應該怎麼做？」

「你要做的第一件事，就是別浪費你的時間和金錢去看精神科醫師，除非你先做了第二件事。而這第二件事，就是查清楚申請這項專利的這位『D．B．戴維斯』的全名。要做到這一點，有個比較簡單的方法。我想他的名字不太可能是『德克斯特』，甚至是『桃樂絲』。可是如果眞的就是『丹尼爾』，你也不必太意外，因爲中間的名字可能是『貝佐斯基』，而且社會安全號碼和你不一樣。至於第三件事呢，其實應該是第一件才對，就是暫時忘了這件事，再去叫一輪啤酒。」

於是我們就這麼做，也聊到了其他話題，尤其是女人。恰克有個理論，女人和機器有非常密切的關係，就是兩者都完全無法用邏輯預測。他用手指沾啤酒泡沫在桌面上畫圖，證明他的論點。

過了一會兒，我脫口而出，「假如世界上有眞正的時間旅行，我就知道我該怎麼做。」

「你在說什麼？」

「解決我的問題。聽我說，恰克，我來到這裡——我是說，來到『現在』——用的是某種舊式時間旅行，問題是我回不去。讓我煩惱的一切事情，都是在三十年前發生的。我希望能回去，把眞相發掘出來……要是眞的有時間旅行這種東西的話。」

他盯著我看，「的確是有。」

「什麼？」

他突然酒醒了，「我不應該說的。」

我說，「也許如此，可是你已經說了。既是如此，你最好講清楚你是什麼意思，別等到我把這一大杯啤酒倒在你頭上。」

「忘了這件事吧，丹尼，我說溜嘴了。」

「講出來！」

「恕我無法照辦。」他掃視了一下四周，確認附近沒有別人，「這件事是機密。」

「時間旅行是機密？天哪，爲什麼？」

「你難道沒爲政府做過事嗎？要是做得到，他們也會把性愛列爲機密。未必非要有個理由，這只是他們的政策。不過這的確是機密，而我也必須遵守，所以就別提了吧。」

「可是……別再胡鬧了，恰克，這件事對我很重要。眞的非常重要。」看到他沒有答腔，一臉頑固，我就說，「你可以告訴我。我曾經是Q級許可，而且從來沒有取消。只不過我已經不爲政府做事了。」

「Q級許可是什麼東西？」

我解釋了一下，他才點點頭，「你是說甲級身分。好小子，你當年一定很炙手可熱，我也只有乙級而已。」

「那你爲什麼不能告訴我？」

「你知道爲什麼吧？不管你的等級身分，你也沒有『必須知情』的基本資格。」

「我沒有才怪！最須知情的人就是我。」

但他不爲所動，於是我恨恨地說，「根本沒有這種事吧，你只是喝醉酒吹牛而已。」

他嚴肅地盯著我好一會兒，「丹尼……」

「嗯？」

「我告訴你吧。不要忘記你的甲級身分。我之所以告訴你，是因爲這不可能有什麼損害，而且我希望你明白，這不可能解決你的問題。這是時間旅行沒錯，但根本不實用，你用不上的。」

「爲什麼不行？」

「先聽我講完。他們完全沒有解決機器的問題，甚至不管是理論，或是可能性上也不可能解決。即使出於研究目的，也沒有任何實用價值。這只是零重力的副產品——所以他們才會列爲機密。」

「可是零重力已經解密了。」

「這兩者有什麼關係？如果這個也商業化，或許他們就會解密。總之請你先閉嘴聽我說。」

我不想閉嘴，但我還是假裝自己忍得住比較好。恰克在科羅拉多州立大學博爾德分校念四年級的時候，爲了賺點零用錢，他就去做實驗室助理。他們有個大型低溫實驗室，而他最初是在那裡面工作。但是他們系上弄到了一份油水很多的國防部合約，這跟愛丁堡場論有關，於是在郊外的山區建造了一所新的大型物理實驗室。恰克被派到那裡，協助特維契教授——休勃．特維契博士，當時因為沒拿到諾貝爾獎而心情惡劣。

「特維契突然有個想法，如果他繞著另一個軸進行偏振，就可以倒轉重力場，而不會抵銷。什麼事也沒發生。於是，他把計算過程輸入電腦，看到結果的時候幾乎發了狂。當然，他沒給我看過。他把兩枚硬幣放進測試籠——當時那一帶還使用硬幣——他先讓我在銀幣上做記號。他用力按下那個螺線管按鈕，硬幣就消失了。

「這不是什麼驚人的把戲，」恰克繼續說，「照理說，他接下來應該找個自願上臺的小男孩，讓硬幣再次從男孩的鼻子出現，但是他似乎滿意了，我也一樣——我是按時數計酬的。

「一星期後，其中一枚硬幣又出現了，只有一枚。不過在這之前的某天下午，博士已經回家了，而我正在實驗室收拾東西，有一隻天竺鼠出現在籠子裡。他不屬於實驗室，而且我也從來沒在附近看過他，於是我回家的時候，順路把他帶去生物實驗室。他們數了實驗室裡的動物，天竺鼠一隻也沒少，不過天竺鼠這種東西實在很難講，所以我把他帶回家，當成寵物養。

「在那枚硬幣回來以後，特維契更是埋頭苦幹，甚至連鬍子也不刮了。下一次他用了兩隻從生物實驗室借來的天竺鼠。我覺得其中一隻實在非常眼熟，但我沒來得及瞧個仔細，因為他立刻按下按鈕，兩隻都消失了。

「等到大約十天之後，其中一隻回來了——和我的寵物不像的那一隻——特維契堅信他成功了。然後，國防部的一位駐校高階主管來到這裡——某個坐辦公桌的上校，以前也當過植物學教授，非常典型的軍人……特維契很不喜歡他。這個上校要我們兩個發誓徹底守密，發誓我們一定會保守這個機密。他似乎認爲這是自從凱撒發明暗號以來，在軍事上最偉大的發明。他的想法是，你可以把軍隊送到未來或過去，解救你已經輸掉或即將輸掉的戰役，進而反敗爲勝。敵人永遠搞不清楚到底發生了什麼事。當然，他的想法很瘋狂……而且他也沒得到夢寐以求的星星。可是他硬加上去的『極機密』級別仍然留著，據我所知，直到此時此刻，這件事情仍舊是沒有公開。」

「這或許可以運用在軍事上。」我提出理由，「如果能設計一次帶一師士兵的機制的話。不，等一下。我知道問題了，你總是需要成對，需要兩個師，一個向前，一個向後。你會完全失去一個師……我想，一開始就有一師出現在正確時刻，這才比較實際。」

「你說的對，可是你的假設錯了。你不必使用兩個師或兩隻天竺鼠，或是成對的任何東西。你只要讓兩邊的質量相等就行了。你可以用一師的人員，還有一堆同樣重量的岩石。這是個作用力與反作用力的情況，牛頓第三定律。」他又開始用冰啤酒杯外的水滴畫畫，「MV等於mv……質量守恆定律。基本的火箭太空梭公式。時間旅行公式是MT等於mt。」

「我還是看不出有什麼缺陷，岩石很便宜呀！」

「用用你的腦袋吧，丹尼，如果是太空梭，只要瞄準方向就可以發射。可是上星期是哪個方向？你指出來看看，隨便試一下就好。可是兩個重量，哪一個往過去，哪一個往未來，完全無法掌握。根本找不到決定設備方向的方法。」

我閉上嘴。如果有個將軍期待一師突擊隊出現，卻只看到一堆石頭，未免太尷尬了。難怪那位前任教授一直升不上將軍，但恰克還沒說完。

「那兩個重量就像電容器的電極板，將兩者放到同等的時間位，然後放電。然後衰滅曲線就會和垂直沒兩樣地下降。呼！一個飛到明年年中，另一個卻成了歷史，可是永遠不知道哪一個去了未來，哪一個去了過去。這還不是最糟糕的——最糟糕的是回不來。」

「嗯？到底會有誰想回來？」

「如果回不來，這還有什麼研究價值？或是商業價值？無論你跳到過去還是未來，你的錢都沒有用，而且也無法聯絡到你出發的時間。因爲沒有設備——你需要設備和電力。我們從亞爾柯反應爐取用電力。那非常昂貴……這是另一個缺點。」

「可以回來的。」我指出一點，「利用冬眠。」

「前提是你回到過去，你也可能去了未來啊。你永遠不知道。而且你回去的時間還要夠短，回到已經有冬眠的時間……那就不能回到戰爭之前，可是那又有什麼意義？比如說，你想要知道一九八〇年的什麼事，你就去找個人問，或是去查舊報紙。眞要是有什麼方法可以拍攝耶穌釘上十字架的照片也罷……可是根本沒有。不可能的。不只是你回不來，而且地球上也沒有那麼多電力。那變成逆二乘定律了。」

「即使如此還是會有不怕死的人會去試試吧。難道沒有人坐上去兜風嗎？」

恰克又環視了一下四周，「我已經講太多了。」

「多講一點也無妨。」

「我想，有三個人試過。其中一位是個專任講師。特維契和那個叫雷納多．文森的傢伙進來的時候，我正在實驗室裡。特維契說我可以回家了，我卻在外面閑晃。過了一段時間，特維契走出來，而文森沒有出來。就我所知，他還在那裡面。在那之後，他確實就不在博爾德教書了。」

「另外兩個呢？」

「學生。他們三個人一起進去，只有特維契出來。但是其中一個隔天就來上課，而另一個失蹤了一星期。你自己推理一下。」

「你難道不曾動心嗎？」

「我？我看起來有那麼蠢嗎？特維契暗示我，爲了科學的利益，我有義務自願參與。我說不，謝了，我寧願去喝幾杯啤酒……不過，如果他要去，我倒很樂幫他按開關。他沒有接受我的提議。」

「我很願意冒這個險。我可以去調查到底是什麼讓我煩惱至此……然後再利用冬眠回來，這很值得。」

恰克深深歎了一口氣，「你不能再喝了，我的朋友，你醉了。你剛才沒仔細聽我說。第一……」他開始在桌面上畫記號，「你不可能知道，你是不是回得去，因為你也可能前往未來。」

「我願意冒這個險。比起從前，我更喜歡現在，我可能會更喜歡三十年後。」

「好吧，那就再進行一次冬眠，這樣比較安全。或者只要耐心不動，等著時間慢慢過來就好，我就是打算這樣做。你先別插嘴。第二，就算你眞的回去了，你可能會離一九七〇年好一段距離。就我所知，特維契完全是亂槍打鳥，我不認為他找到校準時間的方法了。不過，我只是個助手罷了。第三，那個實驗室是在松樹林裡，而且是在一九八〇年建造的。假設你在實驗室蓋好的十年前出來，出現在西黃松林的正中央？那會造成大爆炸，威力差不多是鈷彈等級的。只不過你自己不會知道。」

「可是……我就做個假設，我不懂為什麼一定會出現在實驗室附近。為什麼不是對應到實驗室曾經所在之處的外太空某一點？——我是說它在過去……或者說……」

「你在說什麼傻話。你會停留在你所處的世界線上。先別擔心數學問題，你想一下那隻天竺鼠發生什麼事情就好。可是，如果你回到實驗室建造以前，或許你最後會出現在樹上。第四，即使你跳到正確的方向，在正確的時刻抵達，也能活下來，你又怎麼能用冬眠回到現在呢？」

「我曾經成功過，爲什麼不能再成功一次？」

「當然沒錯，可是你冬眠的錢哪裡來？」

我張大了嘴又合上。這問題聽起來眞是愚蠢。我曾經有錢，可是現在沒有了。我也不能帶著我現有的積蓄（完全不夠）——即使我去搶銀行（我也完全沒有這方面的才能），弄到百萬元大鈔，也不能帶到一九七〇年去用。我只會因爲使用假鈔的罪名給關進監獄。紙幣連形狀都改了，更不必說序號、日期、色彩及圖案。「我只能在去的地方存錢了。」

「沒錯，而在你努力存錢的同時，你也不需要花費任何功夫就會回到此時此刻……只是少了頭髮和牙齒。」

「我知道了、我知道了。不過，我們再回來談剛才的最後一件事。那個地點曾經發生過大爆炸嗎？實驗室在哪裡？」

「我想沒發生過。」

「那麼，我就不會出現在樹裡面，因爲沒有爆炸這回事，就代表我不曾出現。你懂我的意思嗎？」

「我已經比你多想三步了。又是那個老套的時光悖論，不過我才不信。我也思考過時間理論，也許比你想得還多。你倒果爲因了。那裡不曾有過爆炸，所以你也不會卡在樹裡面……因爲你根本沒想過時間跳躍這回事。你懂我的意思吧？」

「可是假如我眞的做到了呢？」

「你做不到的。因爲我的第五點，這是致命的一點，所以請你仔細聽。你不會進行任何這類跳躍，因爲這整件事是機密，你不可能知道。他們不會讓你這麼做的，所以忘了這件事吧，丹尼。今晚是個非常愉快的思想交流之夜，等到早上，FBI就會來找我。我們再叫一輪啤酒——等到星期一早上，如果我還沒進監獄的話，我就會打電話給阿拉丁的總工程師，探聽另一位『D．B．戴維斯』這個人物的全名，以及他到底是誰，是否還在人間。他甚至可能還在那裡工作，如果眞是這樣，我們可以和他一起吃頓午飯，交流工作心得。反正我也希望你見見史布爾格，阿拉丁的總工程師，他是個好人。拜託你也忘了時間旅行這件蠢事，他們永遠不可能解決那些問題的。我壓根兒不該提這件事……而要是你說我提過，我會當著你的面否認一切，說你在騙人。說不定哪天我又會需要我的機密身分。」

於是我們又喝了一大杯啤酒。等我回到家、洗過澡，也終於把一部分啤酒沖出體外之後，我知道恰克說得對。用時間旅行來解決我的難題，差不多就像切斷咽喉來治療頭痛一樣不切實際。更重要的是，恰克會從史布爾格先生那兒查到我想要知道的事，只要吃頓午餐，毫不費力，無需花大錢，更沒有風險。而且我喜歡目前生活的二〇〇一年。

我爬上床後，伸手去拿整星期的報紙。既然我已經是市民，每天早上就會有一份《時報》從輸送管傳到我這裡。不過我通常是草草看過，因爲我的腦袋早就擠滿各種技術問題，所以日常新聞中毫無價值的報導只會讓我困擾，覺得無聊，或者更糟糕的是，新聞太有趣，分散了我的注意力，無法專心做真正的工作。

然而，我從來不會隨便把報紙扔掉，至少先掃過大標題，以及看一下人口統計資料欄，不過我不是看出生、死亡、結婚的欄位，而只看「出眠」，也就是剛從冬眠醒來的人。我覺得或許有一天我會看到某個姓名，是我當年認識的人，那麼我會過去打個招呼，向對方表示歡迎，並且看看我是不是能幫上一點小忙。當然，這種機率很渺茫，但我還是繼續做，而且這總是會帶給我心滿意足的感覺。

我想我潛意識裡，把所有其他的冬眠人都想成是我的「親戚」，就像把曾經在同一支部隊服役的人當成夥伴，至少是能一起喝杯酒的程度。

報紙沒太多值得看的，只有從這裡到火星的太空船仍然毫無下落，而且那也不是消息，而是毫無消息。而在新近醒來的冬眠人當中，我也沒發現任何老朋友。於是我放鬆躺平，等燈光慢慢熄滅。

凌晨三點鐘左右，我突然坐起來，變得非常清醒。燈光亮了起來，讓我不禁瞇起雙眼。

我做了一個非常奇怪的夢，可以說就是個噩夢，我居然漏掉了人口統計資料欄裡的瑞琪名字。

我不可能漏掉的。我環視四周，發現整星期的報紙都還在的時候，大大鬆了一口氣，因爲我經常把把報紙塞進垃圾滑道才去睡覺。

我把報紙拉回床上，再讀一遍人口統計資料。這次，我讀遍了所有類別，包括出生、死亡、結婚、離婚、收養、改名、入眠和出眠。因爲我驚覺我可能瞄到了瑞琪的姓名，卻沒有意識到，因爲我只瀏覽我唯一感興趣的小標題，瑞琪可能剛結婚或生小孩。

我差點錯過那場噩夢的契機。那是星期三的《時報》，列出二〇〇一年五月二日星期三的出眠者名單，「河畔護眠中心……F．V．韓尼克。」

「F．V．韓尼克！」

「韓尼克」是瑞琪奶奶的姓……我知道，我很確定。我不知道自己爲什麼會知道。但是我覺得這件事早已埋在我的腦袋裡，卻一直到我看到這個姓氏時，才突然跳出來。我大概是從瑞琪或邁爾斯那裡看過或聽過這個姓氏，甚至有可能在山迪亞見過那個老太太。總之，我在《時報》上看到的名字，剛好和我腦子裡一小片忘掉的資訊合起來，這時我就知道了。

不過我仍然得找出根據。我必須查明「F．V．韓尼克」是否就是「菲德瑞嘉．韓尼克」。

我全身顫抖，充滿興奮、期待和恐懼。我忘掉了已經非常熟悉的新習慣，竟然想去扯衣服上根本沒有的拉鍊，而不是把絲麗貼黏在一起，結果穿個衣服都要手忙腳亂老半天。幾分鐘後，我衝到了樓下玄關，那裡有個電話亭——我的房間沒裝電話，否則我就馬上打了。我只是在整棟屋子的電話號碼附帶列名而已。後來，我又衝回樓上，因爲我忘了拿電話卡兼識別證——眞的是一團混亂。

好不容易拿到電話卡，卻又全身發抖，手忙腳亂，差一點塞不進插槽。但我終於把它塞進去，撥打了「服務台」。

「請問要轉幾號？」

「嗯，請幫我接河畔護眠中心，位於河畔市。」

「正在搜尋……請稍候……線路已通，幫您轉接。」

螢幕終於亮起來，有個男人很不高興地看著我，「你一定是打錯電話了，這裡是護眠中心，我們晚上沒有開門。」

我說，「請等一等，別掛斷。如果是河畔護眠中心，你就是我要找的人。」

「你到底要做什麼？尤其在這個時候？」

「你們有個客戶，F・V・韓尼克，剛剛出眠。我想知道……」

他搖了搖頭，「我們不會透過電話提供客戶的資訊，更別提現在是在三更半夜。請你明天十點以後再來電，如果能親自來一趟更好。」

「我會的，我會的。可是我想先知道一件事，『F・V』兩個字母代表什麼？」

「我告訴過你……」

「拜託，你能不能先聽我說？我不是要來打聽什麼我不該打聽的，我自己也曾經是冬眠人。沙提爾，最近才剛剛出眠的，所以我知道一切關於『保密條款』和其他規矩。既然你們已經把這位前客戶的姓名公布在報紙上了，你和我都知道，護眠中心提供給報紙的都是出眠和入眠的客戶全名……但報紙為了節省空間，只會取名字的第一個字母，不是嗎？」

他想了一想，「有可能。」

「那麼，只是告訴我『F・V』這兩個字母代表什麼，又有什麼傷害呢？」

他猶豫了更久，「說的也是，如果你只想要知道這件事，應該無所謂。你也只能知道這個而已。請稍等。」

他從螢幕上消失（我覺得他彷彿離開了一小時之久），拿著一張卡片回來。「光線不太好……」他一面說，一面盯著卡片看，「『法蘭西絲』——不對，『菲德瑞嘉』。『菲德瑞嘉・維姬妮亞』。」

我的雙耳轟隆隆作響，幾乎要暈厥，「感謝上帝！」

「你還好嗎？」

「是的，謝謝！我打從心底感謝您。是的，我很好。」

「我想再多告訴你一件事也無妨，可能省得你跑一趟，她已經出院了。」

九

如果叫一輛計程車，飛車載我到河畔市，大概會節省一些時間，可惜我手頭剛好沒有現金。我住在西好萊塢，離我最近的二十四小時銀行要到大環地鐵線上的市區。於是，我先搭地鐵到市區，然後去銀行領錢。我到這時才察覺到，全國通用支票系統眞是這個時代一個了不起的進展。全市的票據交換所裡有電腦網路，然後以雷射碼確認我的身分，我就可以像去幫傭姑娘公司外面的銀行取款一般，立刻拿到現金。

然後，我搭乘快速地鐵前往河畔市。等我到達護眠中心的時候，天色才剛亮。那裡沒有其他人，只有我先前講過電話的那位夜班技術人員，以及他那位擔任夜班護士的妻子。我給人的印象應該不太好。我一整天沒刮鬍子，眼睛充血，呼吸大概還有啤酒味，而且我還沒編造出一套前後一致的謊言。

然而，夜班護士萊利根太太很有同情心，也很願意幫忙。她從文件案裡拿出一張照片，「這位是你的表妹嗎，戴維斯先生？」

那是瑞琪。毫無疑問，絕對是瑞琪！當然不是我認識的瑞琪，因爲照片上不是一個小女孩，而是一個二十出頭的年輕女子，髮型很成熟，還有一張非常美麗的臉孔。她對著鏡頭微笑。

但她的雙眼並未改變，而且當她還是可愛的孩子，那宛如永恆妖精的臉孔也絲毫未變，只是變得豐潤一點，更加美麗，但確實是瑞琪沒錯。

我的雙眼滿是淚水，讓立體照片變得模糊不清，「是的。」我哽咽著說，「是的，那是瑞琪。」

萊利根先生說，「南西，妳不應該給他看照片的。」

「哎呀，給他看個照片又何妨？」

「先生，你知道規定的。」他轉身看著我，「就像我在電話裡說過的，我們不會提供客戶的相關資訊。你十點再回來這裡，那時候行政部門就有人上班了。」

「或是八點鐘再回來也可以。」他太太加了一句，「那時班史丹醫師就在這裡了。」

「南西，妳眞是太多話了。如果他需要資訊，他要見的人是主任。班史丹能回答的問題不比我們多。再說，她根本不是班史丹的病人。」

「漢克，你也太大驚小怪。你們男人就是喜歡爲了規定而遵守規定。要是他那麼急著要見她，他十點鐘就能去布洛里。」她轉身看著我，「你八點鐘回來最好。總之，我們實在無法告訴你任何事。」

「爲什麼會講到布洛里？她去了布洛里嗎？」

要不是她丈夫在場，我想她會告訴我更多事。她猶豫不決，而他口風很緊。她回答，「請你去見班史丹醫師。如果你還沒吃早餐，從這條街往下走，有個很不錯的地方。」

於是我去了那家「很不錯的地方」（的確不錯），吃了一些東西，到他們的洗手間清理一下，從自動販賣機買了一管「除鬚淨」，再從另一台自動販賣機賣了一件上衣，丟掉我身上穿的那一件。回到那裡的時候，我終於比較體面了。

但是萊利根一定提醒過班史丹醫師小心我這個人了。他是個年輕的實習醫師，也不肯有任何通融。「戴維斯先生，您說您自己曾經是冬眠人。那麼您一定知道有些罪犯專找剛甦醒的冬眠人，因為他們不熟悉新環境，所以容易受騙。大多數冬眠人都有相當可觀的財產，也都覺得與自己身處的世界格格不入，他們通常都很孤單，而且有一點恐懼——正是詐欺者心目中的完美肥羊。」

「可是我只不過想知道她去了哪裡！我是她表哥，但是我比她更早冬眠，我不知道她也去了冬眠。」

「詐騙者往往自稱是親戚。」他更仔細地打量我，「我是不是見過你？」

「我很懷疑，除非你碰巧曾經在市區的地鐵和我擦身而過。」人們老是以為他們曾經見過我。我屬於十二種標準大眾臉之一，就像一大袋花生裡的其中一顆那樣缺乏特色。「醫師，要不要打電話給沙提爾護眠中心的埃勃赫特醫師，確認一下我的身分呢？」

他露出法官似的表情，「你再回來找主任。他可以打電話給沙提爾護眠中心……或是打給警察，看他覺得哪一樣才對。」

於是我離開了。當時，我可能犯了一個錯。我要是回去找主任，就非常可能得到我需要的確切資訊（當然要有埃勃赫特醫師爲我擔保），但我沒有回去，反而叫了一輛快速計程車，直接奔去布洛里。

我花了三天時間，才找到瑞琪到過布洛里的痕跡。她曾經在那裡住過，她奶奶也是，我很快就查到這一點。但是她奶奶早在二十年前就過世了，而瑞琪也去了冬眠。和大洛杉磯的七百萬人口比起來，布洛裡只有十萬人口，二十年前的紀錄並不難找。麻煩的是，要找到她不到一星期之前的足跡。

傷腦筋的是她和某人在一起，而我一直在找的是獨自旅行的年輕女子。當我發現她和一個男人在一起時，我想起班史丹告訴我的話，有些專找冬眠人下手的騙子，於是更加緊腳步追查。

我跟著一條錯誤的線索到卡里西哥，然後再回到布洛里，重新找到一條新線索，再一路追蹤他們到優瑪。

到了優瑪，我放棄了追蹤，因爲瑞琪結婚了。我在郡公所看到的紀錄，讓我震驚不已，於是我丟下一切，跳上一艘開往丹佛的船。上船之前，我寄了張明信片給恰克，請他幫我收拾桌上的東西，以及把家裡的東西打包。

❖ ❖ ❖

我在丹佛去了一間牙科材料店。自從丹佛成爲首都，我還沒來過這裡（六週戰爭結束後，我和邁爾斯直接去了加州），這個地方讓我驚訝不已。我甚至找不到柯斐克斯大道。我之前已經知道，政府的重要機構都深埋在洛磯山脈底下。如果眞是如此，就表示一定有一大堆可有可無的東西還在地面上，比大洛杉磯更加擁擠。

我在牙科材料店買了十公斤以同位素一九七的黃金做成的直徑一點六二八公釐的金線。每公斤單價是八十六美元十美分，被狠狠噱了一筆。因爲工業用的黃金售價大約是一公斤七十美元。這次的交易讓僅有一張千元大鈔的我損失慘重。但是工業用黃金是大自然中找不到的合金，也就是同位素一九六和一九八，視用途而定。純度夠高，和從天然礦石精鍊出來的黃金無法區別的黃金，才符合我的目的。我不想要一塊帶在身上會把我褲子燒個洞的黃金。在山迪亞經歷過過剩的輻射照射後，我對輻射中毒變得十分神經質。

我把金線纏在腰上，動身前往博爾德。十公斤的黃金重量差不多等於一個塞得滿滿的旅行袋，可是這麼重的黃金，體積卻相當於一公升多的牛奶。金線比金塊占空間，我不會建議把它做成腰帶。但是金塊帶起來更困難，而做成這樣我就可以隨身攜帶。

特維契博士仍然活著，但已經退休了。他現在是榮譽教授，清醒的時間多半在教職員俱樂部的酒吧裡。我花了四天的時間，才在另一間酒館抓到他，因爲教職員俱樂部不對外人開放。不過在我找到他之後，才發現請他喝一杯並不難。

他是個古希臘意味的悲劇人物，一個非常偉大的人，卻喪失了應有的地位。他應該享有像愛因斯坦、波耳和牛頓等人的地位，然而事實上，只有少數場論方面的專家才眞正知道他研究成果的高度價值。在我見到他的時候，他那傑出的才智已經由於失望變得遲鈍，由於年老失去光彩，成了一個酒鬼。我的心情就好像參觀一座曾經壯麗宏偉的神殿遺跡。屋頂塌陷、半數圓柱毀壞、上面長滿了藤蔓。

然而，雖然他的腦筋已經大不如前，但仍然比我狀況最佳的時候還要聰明。我夠聰明到在見到眞正天才的時候能懂得欣賞。

我第一次看到他的時候，他抬起頭來直視著我，然後說，「又是你！」

「什麼？」

「你曾經當過我的學生，不是嗎？」

「不，我從來沒有這個榮幸。」通常，如果有人以爲曾經見過我，我會置之一笑，但這次我決定要好好利用。「也許您想到的是我的表哥，博士——我表哥是八六年那班的，他有一陣子修過您的課。」

「有可能，他主修什麼？」

「他不得不中途退學，沒拿到學位，但他非常崇拜您。他只要一逮到機會，就會炫耀他曾經修過您的課。」

向一位母親讚美她的孩子很漂亮，絕對不可能和她結仇。特維契博士讓我坐下來，不久就讓我請他喝一杯。這位偉大的糟老頭最大的弱點，就是對於自己專業的虛榮心。在終於認識他之前，我花了四天去大學圖書館，熟記關於他的一切，因此知道他在什麼地方發表過哪些論文、有哪些榮譽學位，以及寫過什麼書……我試著閱讀其中一本書，但才讀到第九頁，我就放棄了，但倒是學會了其中幾個行話。

我告訴他，我是靠科學混口飯吃的人，目前正在搜集資料準備寫一本名爲《埋沒的天才》的書。

「什麼樣的書呢？」

我腼腆地告訴他我打算以淺白的筆調撰寫他的人生和研究成果……前提是他願意稍微讓步，別再堅持他眾人皆知的低調態度。如果教授願意親口爲我提供書寫材料就太好了。

博士表示他沒有迎合大眾的打算，但是聽到我指出，他有責任對後進留下這些後，他同意仔細考慮這件事。不過第二天，他就完全認定我打算寫他的傳記——不只是其中一章，而是整本書——然後他就開始滔滔不絕，而我則開始寫下筆記……眞正的筆記。我可不敢裝模作樣地唬弄他，因爲他有時會要求我讀給他聽。

但是他一直沒提到時間旅行。

最後，我終於問他，「博士，聽說，要不是某個曾經駐紮在這裡的上校，你早就拿到諾貝爾獎，這是不是眞的？」

博士光明正大地不斷咒罵了三分鐘，「你聽誰說的？」

「博士，我在爲國防部做調查報告時聽說的——我沒提到這件事嗎？」

「沒有。」

「當時，我認識在另一個部門工作的一位年輕學者，才知道這件事。他讀過那份報告，說您應該是今日物理學界最有名的人……如果軍方允許您發表研究成果的話。」

「哼！這話倒是沒錯。」

「可是根據我聽說的，這件事情被軍方視爲機密，是這位上校下的命令，呃，什麼剝蛋上校。」

「索許波坦，先生，索許波坦。一個癡肥、愚昧、自負、無能、愛拍馬屁的笨蛋，他會找不到自己的帽子，卻不曉得帽子好端端釘在自己的頭上，也應該這樣釘他的頭才對。」

「這實在太可惜了。」

「有什麼可惜？那個索許波坦是傻瓜嗎？那是大自然做到的，不是我。」

「我可惜的是，這件事情無法公諸於世。據我了解，他們不允許您提到這件事。」

「你聽誰說的？我高興說什麼就說什麼！」

「我是這麼聽說的，聽我在國防部的那個朋友說的。」

「哼！」

那天晚上，他只跟我說了這些。他又考慮了一個星期，才決定讓我去他的實驗室。

現在那棟建築物幾乎都是其他研究人員在使用了，但他一直沒把自己的時間研究室交出來，即使他已經不再使用了。他仗著這裡仍舊是機密狀態，拒絕讓他人碰實驗室，也不准人拆除設備。他帶我進去的時候，那地方的氣味彷彿多年未曾開啓過的地下墓穴。

他喝的酒剛好使他毫不在乎，但還沒多到使他糊塗的程度。他的酒量相當好。他向我講解時間理論和時間位移（他不把這叫做「時間旅行」）所需的數學，但他警告我不能做筆記。不過即使我做筆記也沒有意義，因爲他大概會這樣開始，「因此，顯而易見的是……」然後一直講下去，講的內容只有對他和上帝是顯而易見，對其他人則不是。

等他放慢速度之後，我說，「聽我那位朋友說，有一件您目前還做不到的事，就是校準的問題，是嗎？您無法精確訂出時間位移的大小……」

「什麼？胡說八道！年輕人，如果你無法測量，那就不叫科學。」他像個滾水茶壺似地發了一陣脾氣，然後繼續說，「來吧，我做給你看。」他轉過身，開始做一些調整。他展示給我看的設備，就是他所謂的「時間軌跡台」——只是一個低矮的平台，四周有個籠子，還有一個控制台（以前可能是蒸氣機或低壓室的控制台）。我相信要是讓我一個人留在這裡仔細研究這些操控裝置，我也許可以弄清楚要怎麼操作，但他厲聲告訴我遠離那些設備。我看得出有個八點式布朗氏記錄器，幾個看起來很堅固、用螺線管啓動的電閘，還有十幾個眼熟的零件，但若是沒有電路圖，根本沒有任何意義。

他轉身回來問我，「你有零錢嗎？」

我伸手掏出零錢。他看了一下，就挑了兩枚五元硬幣——毫無汙損的新硬幣，那年才剛發行的全新綠色塑膠六邊形錢幣。我眞希望他挑小一點的面額，我幾乎要沒錢了。

「你有小刀嗎？」

「有。」

「在兩枚硬幣上刻下你名字的第一個字母。」

我照做了，然後他要我把兩枚硬幣並排放在台上。「請記下正確的時刻。我已經把位移設爲剛好一星期，正負六秒鐘。」

我看著自己的手表。特維契博士說，「五……四……三……二……一……開始。」

我從表面上抬起頭來。硬幣不見了。我不必假裝驚訝得瞪大雙眼。恰克已經對我說過實驗的過程——但聽人說是一回事，親眼看見又是另一回事。

特維契博士輕快地說，「從今晚算起的一星期後，我們會回來等其中一個再次出現。至於另一個硬幣——你看到兩枚硬幣都在台上嗎？你自己把硬幣放在那裡的嗎？」

「是的，先生。」

「我當時在哪裡？」

「在控制台前面。」他距離平台周圍籠子最近的部分也有至少十五呎，而且根本沒有靠近。

「很好，過來這裡。」於是我走過去，只見他伸手到口袋裡，「這是你的一枚硬幣。從現在算起的一星期後，你就能把另一枚拿回來。」他交給我一枚綠色的五元硬幣，上面有我名字的第一個字母。

我什麼也沒說，因爲我驚訝到合不攏嘴。他繼續說，「你上星期的話讓我坐立不安於是，我在星期三來到這裡，而我已經差不多……一年沒來了。我在台上發現這枚硬幣，所以我知道我已經……即將會……再度使用這套設備。一直到今晚，我才決定示範給你看。」

我盯著硬幣，再仔細摸了摸，「我們今晚來這裡的時候，這個就在你的口袋裡嗎？」

「當然。」

「可是它怎麼可以同時在你的口袋，又在我的口袋裡呢？」

「我的老天爺，難道你沒有眼睛可以看，沒有腦子可以思考嗎？難道只因爲這在和你這個愚蠢的存在無關的地方，你就無法接受如此單純明白的事實嗎？今晚，你把它放在你的口袋裡，拿來這裡——然後你見證我們把它丟到上星期。幾天前，我在這裡發現這東西，然後今晚，我把它拿來這裡。同一枚硬幣……或者，確切地說，是一週後的時空間構造的一部分，也就是說它多磨損了一星期，比較黯淡了一星期——但是愚蠢的人們會說這是『同一枚』硬幣吧。不過這就像嬰兒和長大成人之後的自己是『同一枚』一樣，只是變老了而已吧。」

我盯著它看，「博士……請把我送回一星期前。」

他憤怒地盯著我看，「絕對不行！」

「爲什麼不行？難道不能用在人身上嗎？」

「什麼？當然可以用在人身上。」

「那爲什麼不行？我不怕。而且，請想想，這會是多麼美好的經驗呢，而且還能爲書大大加分。如果我能親身證明『特維契時間位移』確實可行的話……」

「你本來就可以根據自己的體驗來寫，你剛才看過了。」

「沒錯。」我不甘願地承認，「可是沒有人會相信我。我確實看到那兩枚硬幣，我也相信。但無論是誰只要讀到這一段記載，只會斷定我太容易受騙，你用某種簡單的戲法欺騙了我。」

「怎麼可能！」

「他們就是會那麼說。他們無法相信我寫下的事是我親眼所見。可是，如果您眞的把我送回一星期之前，我就能根據我自己的體驗來寫……」

「坐下，聽我說。」他坐了下來，但根本沒有地方讓我坐，不過他似乎沒有發現。「很久以前，我的確曾經用人做過實驗。正因如此，我才會下定決心，永遠不再做這種事。」

「爲什麼？實驗者死了嗎？」

「什麼？別胡說八道。」他嚴厲地看了我一眼，又說，「你不能把這件事寫到書裡。」

「遵命，教授。」

「幾次小型實驗證明，活體實驗對象可以進行時間位移而不受損傷。我向一個同事偷偷透露了這件事，他是個年輕的講師，在建築系教授製圖。他其實比較更像個工程師，而不是科學家，但我很喜歡他，他的心智非常活躍。這個年輕小夥子——告訴你他的名字也無妨——雷納德·文森，他非常渴望試一試……然後他眞的試了。他想要體驗巨大的位移，五百年。我眞是太愚蠢了，竟然讓他去了。」

「然後呢？」

「我怎麼會知道？那可是五百年啊，老兄！我根本不可能活著確認結果。」

「可是，你認爲他到了五百年後的未來嗎？」

「或是過去。他也可能去了十五世紀，或是二十五世紀。兩者的機會完全相等。不確定的——對稱方程式。我有時候會認爲……算了，只是姓名碰巧有點像而已吧。」

我沒有問他這話是什麼意思，因爲我突然也明白了這個相似之處，瞬間寒毛直豎。但是，我暫時把這件事情拋諸腦後，我也有我自己的問題。這可能是碰巧而已吧——一個十五世紀的人不可能從科羅拉多州到義大利。

「我下定決心，再也不冒同樣的險。這不是科學，不會增加任何資料。假如他轉移到未來，那很好；但假如他轉移到過去……那麼我就有可能害我的朋友被野蠻人殺死，或是被野獸吃掉。」

我想，或者更有可能變成一位「偉大的白神」。我沒有把這想法說出來，「可是我不需要那麼長的轉移。」

「先生，我們再也別提這件事了，拜託你。」

「如您所願，博士。」但我實在不能不提，「呃，我可以提出一個建議嗎？」

「嗯？請說。」

「我們只需要一次排演，就能達到幾乎相同的效果。」

「什麼意思？」

「完整地排練一次，就像是您打算讓某個活體實驗對象轉移那樣——我來表演那個角色。我們會精確地做到每一個步驟，就像你真的打算讓我轉移一樣，直到你壓下那個按鈕的一瞬間。那麼，我就能了解整個過程……」

他咕噥著發了一點牢騷，但他其實很想炫耀一下他的玩具。他秤了我的體重，然後量出恰好等於我的一百七十磅體重的金屬重物，「可憐的文森剛好也是這個重量。」

我們把金屬重物放在平台一端，位於我們中間，「時間要怎麼設定呢？」他問，「這是你的提議。」

「時間可以設得很精確嗎？」

「沒錯，你懷疑嗎？」

「沒有、沒有，我看看，今天是五月二十四日——假設我們……那麼，呃，例如三十一年又三星期又一天，七小時十三分又二十五秒怎麼樣？」

「這個笑話不好笑。當我說『精確』的時候，我的意思是『精確到十萬分之一的比例』，我還沒辦法校準到九億分之一。」

「這樣啊。您知道的，博士，對我來說，精確的排練非常重要，因爲我一點都不清楚這些過程。呃，假設我們說三十一年又三星期，會不會還是很麻煩？」

「不會，最大誤差應該不會超過兩小時。」他做了一些調整，「你可以就位了，請站到臺上。」

「這樣就行了嗎？」

「是的，只剩下電力而已。用在那兩枚硬幣的電力，不可能產生這種轉移。不過，既然我們不是眞的要做，那就無所謂了。」

我露出失望的表情，也確實很失望。「那麼實際上就沒有能夠進行這種轉移的所需電力？你只是理論上說說而已嗎？」

「你不要誤會，我可不是理論上說說而已。」

「可是如果沒有足夠的電力的話……？」

「要是你堅持，我可以調到電力，等等。」他走到實驗室的某個角落，拿起那裡的電話。那一定是在實驗室剛蓋好時安裝的，自從我冬眠醒來之後，我還沒看過那款電話。然後，我聽到他講了一段尖酸刻薄的話，對方是大學電力系統的夜班員工。特維契博士罵人不帶髒字——他可以完全不用粗話，卻比大多數用白話罵人的大師更狠毒。「我一點也不想知道你的意見，老兄。給我讀一讀你的工作手冊。只要我想要，我隨時可以得到全部電力。你識字嗎？我們是不是應該明天早上十點去見校長，請他念給你聽？喔？所以你眞的識字啊？你也會寫字嗎？還是我們已經耗盡你的才能了？那就把這個寫下來，在準八分鐘後，爲索姆頓紀念實驗室的基幹電力線，準備緊急滿載電力。你重複一遍給我聽。」

他把話筒放回去，「外行人！」

他走到控制台，做了一些調整，然後等著。不久，甚至連站在籠內的我，都能清楚看見三組儀錶的長針指到最邊緣，控制台也亮起紅燈。「電來了！」博士大聲說道。

「會發生什麼事？」

「什麼事也不會發生。」

「我也是這麼想。」

「這話什麼意思？」

「就是這個意思，什麼事也不會發生。」

「我不懂你的意思，我也不想懂。我的意思是，除非我按下這個開關，否則什麼事也不會發生。如果我按下去，你就會轉移到三十一年又三星期之前，不多也不少。」

「我還是要說什麼事也不會發生。」

他的臉色越來越難看，「我想你是故意要挑釁我。」

「隨便您怎麼說。博士，我來這裡是爲了調查一件令人驚愕的傳言。我已經算是調查完畢了。我看到了一組控制台，上面有漂亮的各色燈光，看起來就像電影裡瘋狂科學家用的那一套。我看到用兩枚硬幣表演的戲法。順便說一聲，這戲法也沒什麼了不起的，因爲硬幣是你自己挑的，也告訴我要怎麼做記號，任何業餘魔術師都能做得比你更漂亮。我已經聽了一大堆空話，可是講空話也不必費力。你自稱已經發現的東西根本不存在。我順便告訴你，他們國防部的人根本就知道這件事。你的研究報告根本就不是什麼機密，只是存放在怪人檔案而已。他們偶爾會把那報告拿出來傳閱，讓大家笑一笑。」

我以爲這個可憐的老人當場就要中風。可是我得一再刺激他，刺激他僅存的本能，也就是他的虛榮心。

「你給我出來，出來！我要狠狠揍你一頓。我會赤手空拳，狠狠揍你一頓。」

以他當時憤怒的程度，他眞的很可能把我撕了，雖然他的年紀、體重和身體狀況比不上我，但我回答，「你嚇唬不了我的，老頭。那個唬人的按鈕也嚇不了我。快，快把它按下去。」

博士交替地看著我和按鈕，仍然什麼也沒做。我冷笑了幾聲，「就像那些人說的，這是個騙局。特維契，你是個愛炫耀的老騙子，自以爲是，裝模作樣。索許波坦上校說的沒錯。」

那句話終於發揮作用。

十

在博士用力按下按鈕的那一刻，我還試著向他大叫不要按。但是一切都來不及了，我的身子已經往下掉。那一瞬間我滿腦子都是快住手的痛苦想法。我拋棄了一切，還把一位和我無冤無仇的可憐老先生折磨得痛苦不已——而且我根本不知道自己會去哪個方向。更糟的是，我不知道自己能不能到那裡。

不久我撞到了東西。我想自己摔下的高度應該不到四呎，但我並沒有心理準備。我像根枯枝般地往下掉，像個砂袋似地倒在地上。

這時突然有人對我說，「你這傢伙是從哪裡冒出來的？」

說話的是個男人，四十歲左右，禿頭，但體格結實而精瘦。他面對著我站著，雙手插腰，低頭看著我。他的模樣精明幹練，長相也不惹人厭，只不過他看起來很不高興。

我坐起身子，發現自己坐在一堆花崗岩碎石和松針上面。有個女人站在男人身邊，她是個比較年輕的漂亮女人。她睜大眼睛無言地看著我。

「我在什麼地方？」我傻呼呼地問。我應該要問，「我在什麼時代？」可是這話聽起來更荒謬，而且，我也沒想到要這麼問。光是看他們一眼，我就知道自己一定不在什麼時代——我確定這不是一九七〇年，我也不可能還在二〇〇一年。在二〇〇一年，人們只有在海灘上才會做那種事，所以我一定是到了反方向。

因爲他們兩人身上一絲不掛，只有古銅色的光滑肌膚，甚至連「絲麗貼」都沒有。但是他們似乎覺得這樣就夠了，一點都沒有尷尬的樣子。

「我們一件一件來。」他不太高興地說，「我先問你，你怎麼來到這兒的？」他抬頭看了一下，「你的降落傘沒有掛在樹上吧？這不重要，你到底在這裡做什麼？這裡是私人土地，你擅自闖入。還有，你穿著那件嘉年華會的衣服到底想幹嘛？」

我不覺得自己的衣服有什麼不對勁——尤其是看到他們的模樣，但我沒有答腔。不同的時代，不同的風俗——看來我有麻煩了。

女人伸手搭在男人的臂膀上，「別這樣，約翰。」她溫柔地說，「我想，他大概受傷了。」

他看了她一眼，又回頭嚴厲地看著我，「你受傷了嗎？」

我試著勉強起身，「我想應該沒有，可能有一些瘀傷吧。呃，今天是什麼日子？」

「唔？今天是五月的第一個星期天，我想是五月三日。珍妮，對不對？」

「是的，親愛的。」

「聽我說。」我急忙說，「我的頭剛剛重重地撞了一下，現在腦子有點混亂。今天是什麼日子？幾年幾月幾日？」

「什麼？」

我應該要等我找到日曆或報紙之類的東西，再開口，但我非得立刻知道不可，我等不了了。「哪一年？」

「老兄，你還眞的撞得不輕。今年是一九七〇年。」他說完，又盯著我的衣服看。

我鬆了好大一口氣。我成功了，我成功了！總算沒有回到太久遠的過去。

「謝謝！」我說，「實在太感謝了，你不知道我有多麼感激。」看他的樣子，好像還是想叫人過來，於是我又焦急地說，「有時候，我會忽然喪失記憶。有一次，我失去了，呃……整整五年。」

「我想，這種事一定讓人很沮喪。」他慢條斯理地說，「你感覺如何，可以回答我的問題了嗎？」

「別這樣逼他嘛，親愛的。」她柔聲說，「看他的樣子像個好人。我想他只是搞錯了而已。」

「我知道了，你現在覺得怎麼樣？」

「我覺得還好……現在好一點了，只是腦袋有點混亂。」

「好吧，你怎麼來到這兒的？還有，你為什麼穿成那個樣子？」

「老實說，我不太清楚自己是怎麼來到這兒的，而且我的確不知道自己身在何處。這種失憶是突發的。至於我的穿著……我想可以說這是個人的怪癖。呃……就像你們的穿著，或是沒有穿著……」

他低頭看了一下自己，咧嘴一笑，「喔，是的，我們夫妻倆的穿著……或是沒有穿著……在某些情況下可能需要解釋。但是現在我希望入侵者先解釋。你不屬於這裡，不管你是穿成這樣還是其他衣服都是，而我們屬於這裡——看我們的打扮就知道了，這裡是丹佛陽光俱樂部的場地。」

❖ ❖ ❖

約翰與珍妮．薩頓是那種見過世面、不會大驚小怪，而且非常親切的人，甚至可能邀請怪人到家裡喝茶。約翰顯然不太滿意我那幾個可疑的解釋，一直想要追根究柢，但珍妮不停阻止他。我還是堅守「突發性失憶」的藉口，說我記得的最後一件事，就是昨天晚上，我人在丹佛，在新布朗宮那裡。最後，他說，「你的話相當有意思，讓人覺得很有趣。如果誰要去博爾德，我想他可以送你一程，到了那裡，你可以搭公車回到丹佛。」他又看著我，「可是，如果我帶你回到俱樂部會所，大家一定會覺得非常非常奇怪。」

我低頭看看自己。我穿著衣服而他們沒穿，這讓我覺得有點不自在——我的意思是，我覺得違反規則的人是我，而不是他們。「約翰……如果我也脫光了衣服，這樣會不會比較容易？」我不排斥脫光衣服。我以前沒去過任何天體營，因爲覺得沒有必要。但恰克和我去聖塔芭芭拉市度過幾次週末，還有一次去拉古納海灘——在海灘上，裸露是理所當然的。

他點了點頭，「當然。」

「親愛的。」珍妮說，「他可以當我們的客人。」

「嗯……是的。我可愛的太太，妳實在太親切了。妳去四處聊聊，讓其他人知道我們正在等一位客人，他是從……丹尼，要說從哪裡來比較好？」

「呃，從加州來的。洛杉磯，我眞的是從那裡來的。」我差點脫口說出「大洛杉磯」，卻突然明白我必須小心注意自己的說話方式。「電影」再也不是「抓緊」了。

「從洛杉磯來的客人，加上『丹尼』就夠了；我們不用姓氏，除非自己主動提起。那麼，親愛的，妳把話傳出去，說得好像大家都已經知道一樣。妳就說，妳大約半小時後會到大門口來接我們。不，妳還是過來這裡吧，順便把我的旅行袋拿來。」

「爲什麼要拿袋子，親愛的？」

「總得把那套化裝舞會的衣服藏起來。那衣服實在太引人注目了，雖然丹尼說自己是怪人，也還是太怪了。」

我立刻起身到樹叢後面脫衣服。只要珍妮・薩頓離開，我就沒有藉口說什麼不該在女性面前脫衣服了。我不可能就這樣脫下衣服，露出我纏在腰上的兩萬美元黃金——以一九七〇年一盎司六十美元的標準行情來算。我把黃金改成比較好穿脫的細腰帶，而不是原本的寬腰帶，因爲我第一次要洗澡的時候覺得很難脫掉或戴上。我把金帶繞了兩圈，在前方纏起來。

等我脫光身上的衣服，就把黃金包在衣服裡，盡力假裝只有衣服原來該有的重量。約翰・薩頓向那堆東西瞥了一眼，但沒說什麼。他拿了一根香菸給我——他的香菸盒綁在腳踝上。我以爲再也看不到那種牌子。

我用力揮了一下香菸，卻沒有點著，於是我讓他幫我點火。他輕聲說，「現在只剩我們兩個了，你有沒有什麼事想要告訴我？如果我要擔保你進俱樂部，爲了自己的名譽，最低程度我也得確定你不會製造麻煩。」

我吸了一口菸，一陣辛辣湧進我的喉頭，「約翰，我不會製造麻煩的，那是我最不想要的一樣東西。」

「嗯……或許吧。那麼，就只有『失憶症』，是嗎？」

我想了一想。眼前的狀況實在很難處理，而這個人有權知道，但是他一定不會相信……至少，換成我是他，我也不會相信。可是如果他眞的相信我，情形可能更糟，事情或許會鬧大，而我不希望如此。我猜想，假如我是個眞正、誠實、合法的時間旅行者，致力於科學研究，我一定會希望公開宣傳，隨身帶著毫無爭論餘地的物證，並且邀請科學家來驗證。

但我不是，我有著有些見不得人的私人理由，我不想被人注意到我在做什麼。我只想盡可能不爲人知地尋找我的「夏之門」。

「約翰，如果我告訴你，你也不會相信的。」

「嗯……或許吧。話說回來，我看到空無一物的天上掉下一個男人……卻沒有摔得太重，沒有受傷。他身上穿著滑稽的衣服，不知道自己身在何處，甚至連今天是哪一天也不知道。丹尼，我跟大多數人一樣，都讀過查理斯．佛特（Charles Fort）的書，可是從來沒想過會眞的碰到。可是，既然讓我碰到了，我也不期望你的解釋會像紙牌魔術那麼簡單。怎麼樣？」

「約翰，你剛剛說的話——你措辭的方式——讓我覺得你是個律師。」

「沒錯，我是。怎樣？」

「我可以進行一場保密談話嗎？」

「嗯……你是想委託我嗎？」

「算是吧，我大概會需要一些建議。」

「說吧，絕不公開。」

「好，我是未來的人，時間旅行者。」

他好一陣子不發一言。我們伸長四肢躺在陽光下。我曬太陽是爲了保持溫暖，科羅拉多州的五月雖然陽光普照，但空氣頗爲清冷。約翰．薩頓似乎很習慣這個天氣，只是懶洋洋躺在那裡，嚼著一根松針。

「你說對了。」他答道，「我不相信。我們還是堅持『突發性失憶』這個說法吧。」

「我就說吧，你不會相信的。」

他歎了口氣，「該說是不想相信嗎？我也不想相信鬼，或是輪迴轉世，或是任何諸如此類的超自然現象。我喜歡可以理解的簡單事物。我認爲大多數的人也一樣，所以我給你的第一個建議就是保密剛才的對話，千萬別傳出去。」

「那對我再好不過了。」

他翻過身去，「不過我認爲還是把那些衣服燒掉比較好。我會另外找些衣服給你穿。燒得起來嗎？」

「不太容易燒，會熔解。」

「最好把鞋子穿起來。我們通常會穿鞋，那雙鞋可以蒙混過去。如果有人問你，就說那雙鞋子是特別訂做的或是某種健康鞋。」

「的確是特別訂做的健康鞋。」

「好。」他突然把我的衣服拿起來，我來不及阻止他。「我的老天！」

既然來不及了，我只好讓他看。「丹尼，」他用一種古怪的語氣說，「這東西眞的是它看起來的那樣嗎？」

「它看起來像什麼？」

「黃金。」

「是的。」

「你從哪裡弄來的？」

「我買的。」

他仔細摸了摸，確認那東西毫無疑問的柔軟度，感覺它美妙的光澤，然後掂掂它的重量。「天哪！丹尼……仔細聽我說。我問你一個問題，而你必須非常謹愼地回答，因爲我絕對不接受對我說謊的委託人。我會甩掉他，而且我也不會參與任何重大罪行。你是合法弄到這個東西的嗎？」

「是的。」

「也許你沒聽說過一九六八年的『黃金儲備法案』吧？」

「我聽說過。我是合法取得的。我打算把它賣給丹佛造幣廠，換成現金。」

「你有珠寶商的許可證吧？」

「沒有。約翰，我說的全是實話，不管你相不相信。在我來的地方，我是在店裡買的，買賣黃金就像呼吸空氣一樣合法。現在，我想要儘快把它換成現金。我知道持有黃金是違法的。如果我把它放在造幣廠的櫃檯上，請他們秤重，他們會拿我怎麼辦？」

「是不能拿你怎麼辦……如果你堅持你自己有『突發性失憶』的話。可是在這段時間內，他們可以讓你沒有好日子過。」他看著那東西，「我想，你最好弄一點泥土在上面。」

「埋起來嗎？」

「不用埋起來。不過如果你告訴我的是實話，你就說你是在山裡面發現這東西的，這才是探礦者通常會找到黃金的地方。」

「嗯……我就照你說的做，總之這是我合法擁有的東西，我不介意講一些無害的謊話。」

「可是這眞的是謊話嗎？你什麼時候看到這批黃金的？你是從什麼時候開始擁有它的？」

我努力回想。那是我離開優瑪的那天，也就是二〇〇一年五月某一天。大約兩星期以前……

好。

「那麼說吧，約翰……我看到那批黃金最早的日期……是今天，一九七〇年五月三日。」

他點了點頭，「所以，你是在山裡發現的。」

❖ ❖ ❖

薩頓夫婦要留到星期一早上，所以我也留下來過夜。俱樂部裡的其他會員都非常親切，但完全不過問我的私事，比起我至今見過的任何人都更不關心。我後來才知道，這其實是天體營裡的不成文規定，不過當時我覺得他們是我見過的人當中，最謹愼也最有教養的人。

約翰與珍妮有他們自己的小木屋，所以我睡在俱樂部會所大通鋪的一張帆布床上。天氣冷得讓人很不舒服。隔天早上，約翰給了我一件襯衫和一條牛仔褲。他用我原來的衣服包住黃金，用旅行袋裝起來，放進他的汽車後車箱——他開的是捷豹帝王，從這點看得出他可不是個便宜的律師，不過我早已從他的舉止態度就看出來了。

我在他們家過了一夜，等到星期二，我拿到了一些現金。我再也沒看過那批黃金。接下來幾星期，約翰陸陸續續給我錢，扣掉了合法的黃金仲介業者的標準手續費。我知道他不是直接找造幣廠，因為他總是拿仲介業者開的收據給我。他並沒有扣除他自己的手續費，也從來不曾主動告訴我詳細的情形。

我不在乎。手上有了現金後，我就開始忙了。一九七〇年五月五日，也就是那個月的第一個星期二，珍妮開車帶我四處看房子，我終於在舊商業區租了一間小閣樓。我再加上一張製圖桌、一張工作桌、一張行軍床等配備，別無長物了。那地方已經有一百二十伏特和兩百四十伏特的電源、天然氣、自來水，還有一個很容易塞住的盥洗室。我別無所求，而且也必須小心使用每一分錢。

用老式的圓規和丁字尺畫設計圖既煩瑣又浪費時間，而我不能浪費任何一分鐘。於是我先製造出製圖阿丹，再重新製造萬能法蘭克。不過，萬能法蘭克這次成了百變佩特，多用途的自動機械人，只要在它的索氏管下了正確的指令，就幾乎能做到人類能做的任何事。我知道百變佩特不會一直是這個樣子，它的後代會逐漸發展成一大群有專門用途的玩意兒，但我希望能讓專利申請範圍盡可能越廣越好。

申請專利不需要有可以運作的試驗機種，只要有設計圖和說明書就行了。但我需要優秀的試驗機種，能夠完美運作，任何人都能操作的機型。這些試驗機種必須能賣得出去，從設計階段開始就得表現出它的實用和經濟價值，好證明這些機器不光能夠運作，而且也是值得投資的對象——專利局早已塞滿太多可以運作，但在商業上毫無價值的發明。

這工作進行得說快很快，說慢也很慢。說它快，是因爲我很清楚自己在做什麼；而說它慢，因爲我沒有適當的機械工廠，也沒有任何幫手。因此我勉強掏出口袋裡寶貴的現金租借一些機具，情況才逐漸好轉。我每天吃過早餐就開始工作，直到筋疲力竭。不過每月會找一個週末，跟著約翰和珍妮一起去博爾德附近的天體營。到了九月一日，我已經讓兩台試驗機種都能正常運作，準備好開始處理設計圖和說明書。我在這兩台試驗機種的外殼設計了漂亮的花紋，請外面的廠商幫我處理電鍍的部分，以及在外部的可動零件也這麼處理。我只轉包這幾項工作出去，花掉這筆錢實在讓我很心痛，但這兩件事實在沒辦法省。還有，我盡可能活用商品目錄買得到的標準零件，我不可能自行製造，而且即使我自行製造，也不太可能商業化，我也不打算把錢花拿去訂製漂亮的客製化零件。

我沒什麼時間到處走走，不過這樣也好。有一次，我出去買輔助馬達時，偶然遇上一個以前在加州認識的傢伙。他對我打招呼，而我還沒來得及思索就答腔了。「喂，丹尼！丹尼．戴維斯！沒想到會在這兒遇到你。我以爲你在莫哈威沙漠裡呢？」

我和他握了握手，「只是臨時有點事，過幾天就回去。」

「我今天下午就回去，我會打電話給邁爾斯，告訴他我見到你。」

我露出憂慮的表情，心裡也的確很憂慮，「拜託你，千萬別那麼做。」

「為什麼不行？你和邁爾斯不是親密的新貴事業夥伴嗎？」

「嗯……莫特，聽我說，邁爾斯不知道我在這兒。我本來應該是為公司的事到阿布奎基市出差的。但我因為個人私事，偷偷搭飛機來這裡，你懂我的意思嗎？和公司一點關係也沒有。我也不想和邁爾斯談這件事。」

他一副了然於胸的表情，「是女人的麻煩嗎？」

「嗯……是的。」

「有夫之婦嗎？」

「可以這麼說。」

他戳了一下我的肋骨，對我眨了眨眼，「我明白了！老邁爾斯還真是老古板，對不對？行，我會幫你掩護，有一天你也可以幫我掩護。她怎麼樣？」

掩護？我在心裡想，你這個四流的渾蛋，我真想拿一把鐵鍬，把你埋起來！莫特是那種毫無用處的旅行推銷員，會花更多時間勾引女服務生，而不是照料他的顧客——此外，他所推銷的產品完全不是說明書寫得那麼好，而像他本人一樣差勁。

不過我還是請他喝杯酒，編造我發明的那個「有夫之婦」的故事，也聽他向我吹噓無疑是同樣虛構的英勇事蹟，然後和他握手道別。

我還偶然遇到了特維契博士，想請他喝一杯，不過沒成功。

我走進詹帕街一家小藥房，在吧台坐下，沒想到卻坐到他身邊——我坐下後才看到鏡子裡反映出他的臉。我的第一個反應是打算慢慢爬到吧台下面躲起來。

然後，我冷靜下來，想到生活在一九七〇年的所有人當中，他是我最不需要擔心的。就算打了照面也不會有任何問題，因爲我們以前沒有……我的意思是「不可能會有」。不對……然後，我不再思考措辭的問題，因爲我想到，萬一時間旅行變得普及，那麼英語的文法就得加上一整套不同的時態來描述這種回到過去的狀況——這種時態變化會讓原本複雜的法語文言時態和古代拉丁語的時態看起來很簡單。

無論如何，不管是過去或未來，或是其他任何時候，我現在都不必擔心特維契。我鬆了一口氣。我仔細端詳他映在鏡中的面貌，懷疑自己是不是認錯人，可能只是長得像而已，但我沒認錯人。特維契並不像我有張大眾臉。他長得堅定、自信、略微傲慢卻相貌堂堂，看起來真的很像希臘神殿的宙斯像。我只記得那張已呈廢墟的那張面孔，但無疑是他——我內心惶恐不安，因爲我想起自己是多麼惡劣地對待那位老人，我思考著應該如何補償他。

特維契瞥見我透過鏡子注視他，於是轉身過來看我，「我臉怎麼了嗎？」

「沒有。呃……您是大學的特維契博士，對不對？」

「丹佛大學，沒錯。我們見過嗎？」

我差點說溜了嘴，因爲我忘了他今年還在市立大學教書。要同時記住過去和未來的事實在很困難。「沒有，博士，但我修過您的課，我是您的崇拜者。」

他的嘴角抽動了一下，似笑非笑的，但他沒有回應我的話。我想他這時候還沒有需要他人奉承的渴望，這時候的他充滿自信，只需要自我認同就好。「你確定你沒把我誤認爲哪個電影明星嗎？」

「當然確定！您是休勃．特維契博士……偉大的物理學家。」

他的嘴角又抽動了一下，「我不過是個物理學家——或者說努力成爲物理學家。」

我們閒聊了一會兒，在他吃完他那份三明治之後，我試著多留他一會兒。我說，如果他肯賞臉讓我請他喝一杯，那就是我的榮幸。他搖了搖頭，「我很少喝酒，而且天黑以前絕對不喝，不過還是謝謝你。很高興認識你，要是哪天你到學校附近，請順路過來我的實驗室看看。」

我說我一定會去的。

但我在一九七〇年（第二回）並沒犯太多疏忽，因爲我了解這個年代，而且反正可能認得我的人大部分都在加州。我決定，要是眞的再碰上任何眼熟的面孔，我會佯裝不認識地不予理會——我可不想冒任何風險。

但小事情也可能造成大麻煩。就像有一次我被拉鍊夾到，只因爲我已經習慣那種比較方便也安全得多的「絲麗貼」。僅僅五個月我就習慣了二〇〇〇年的便利，讓我覺得這些小事情實在是很不方便。刮鬍子——我竟然還要再刮鬍子！有一次，我甚至還感冒了。我之所以被來自過去的恐怖幽魂纏上，起因於忘記衣服淋雨會濕。我眞希望那些貴古賤今的藝術愛好者能和我一起經歷這一切。他們總是對進步嗤之以鼻，大肆宣稱過去的生活有多美好——就讓他們試試會讓食物變冷的餐具、必須洗熨的襯衫、在你需要的時候被蒸氣弄得一片模糊的浴室鏡子、流鼻水、腳下的污泥和你肺裡的灰塵——我早已習慣了比較好的生活方式，而一九七〇年就像一連串的小小疙瘩，讓我得再度適應。

但就像狗會習慣他身上的跳蚤，我也是。一九七〇年的丹佛是座有著獨特風味的老派城市，我漸漸喜歡上它。它完全沒有我以前（或說是以後）從優瑪來到這裡時，所看到的那種「新都市計畫」迷宮。此時的人口還不到兩百萬，街上仍然有公共汽車和汽車——這時仍然有「街道」。我毫不費力就找到柯斐克斯大道。

丹佛仍然在適應成爲首都這件事，也不甚樂意扮演這個角色，就像第一次穿上晚禮服的小男孩。它的骨子裡仍然帶有高跟長靴和那種西部鼻音的強烈特質，雖然它知道自己必須成長爲一座國際性的重要都市，容納各國大使館和間諜，還有許多著名的美食餐館。這座城市在各方面都是草率拼湊起來，要容納官僚、遊說者、間諜、公務員、僕傭等等。建築物雨後春筍般地冒出來，而且每間新屋子都是急就章蓋起來的，很可能不小心就把一頭母牛圍在牆內。不過這座城市並沒有無限擴張，往東超過歐羅拉幾哩，北到韓德森，南到利特頓——在到空軍學院爲止，仍有廣闊的鄉村地帶。當然，西邊的城市延伸到了高地，而聯邦機構則挖了隧道潛入地下。

我喜歡以聯邦政府爲中心急速成長的丹佛，然而，我渴望著回到我的時代。

總是有一些小麻煩。就在我當上「幫傭姑娘」的幹部後，我存了一些錢，然後把牙齒整過一遍。我從來沒料到竟然會再去看牙醫師。而且一九七〇年，並沒有預防蛀牙的藥丸，所以有顆牙齒蛀了個洞，痛到我實在無法坐視不管，只好去看牙醫師。我發誓，我根本沒想到，他會在我的口腔裡看到什麼光景。他眨眨眼，拿著診視鏡在我嘴裡轉了一圈，「眞是太神奇了！你的牙醫師是誰？」

「咕嚕哇？」

他拿出原本放在我嘴裡的手，「是誰做的？怎麼做的？」

「唔？你說牙齒嗎？喔，那是某種實驗性治療……在印度做的。」

「他們是怎麼做的？」

「我怎麼會知道？」

「嗯……等一下。我非得拍幾張照片不可。」他開始擺弄他的X光設備。

「不行！」我反對，「只要把那顆蛀牙清一清，隨便拿個東西塞起來，讓我趕快離開就行了。」

「可是……」

「對不起，醫師，可是我眞的很趕時間。」

於是，他不甘不願地照我的話做，只是時不時停下來看我的牙齒。我付了現金，連姓名也沒留下。我想其實讓他拍照也無妨，但遮遮掩掩已經變成一種反射動作。讓他拍幾張照片也不會有任何傷害，卻也不會有什麼用處，因爲根本無法從X光片看出牙齒是怎麼再生的，而且我也無法向他解釋。

回到過去，也是處理某些事情的最好時機。雖然我每天花上十六小時辛苦進行製圖阿丹和百變佩特的工作，我仍然抽空做了一些別的事。我以匿名的方式，透過約翰的律師事務所找了一家在全國各地設有辦事處的偵探社，花錢請他們挖掘貝麗的過去。我提供了她的地址，以及她汽車型號和車牌號碼（因爲方向盤是取得指紋的好地方），也告訴他們她也許在不同的地方結過婚，甚至可能還有前科。我不得不嚴格限制預算，我可負擔不起報上寫的那種調查。

過了十天，他們還沒有消息回來，我還以爲白白浪費了這筆錢。幾天之後，有個厚厚的信封出現在約翰的事務所。

貝麗還眞是忙碌。她比自己說的年紀大了六歲，而且她在十八歲以前就結過兩次婚。其中一件不算，因爲那個男人已經娶妻。而偵探社沒有查到她的第二次婚姻是不是離婚了。

在那之後，她曾經結過四次婚，其中一次很可疑。那次很可能是個「戰爭寡婦」的騙局，目的是要領取撫恤金，反正那個男人早就死了，自然也就無法提出異議。她曾經離過一次婚（成爲被告）。其中一位丈夫死了。也許，她仍然和別的男人有「婚姻」關係。

她前科累累，而且樁樁令人玩味，但只有一次被判有罪。地點是內布拉斯加，獲得假釋後出獄。這個案子是因爲指紋成立的。後來她逃離假釋，改了名字，也弄了一個新的社會安全號碼。偵探社問我是否要通知內布拉斯加當局。

我告訴他們不必費心了，她已經失蹤九年，而且她的罪行也不過是仙人跳而已。假如是販毒，不曉得我會怎麼做？回到過去所下的決定，總會有些錯綜複雜。

兩項發明的製圖進度嚴重落後，不知不覺就到了十月。我的說明書只寫了一半，因爲說明書的敘述必須和設計圖一致，而我根本還沒開始寫專利申請範圍。更糟的是，我根本還沒委託人幫我處理申請專利的所需手續。沒有完成的機器，我也沒辦法作這件事。我也沒時間聯絡各方面的相關人士。我開始認爲自己犯了一個大錯。我應該要求特維契博士把操控儀器設到至少三十二年前，而不是三十一年再加上沒什麼用的三星期前。我低估了自己需要的時間，也高估了自己的能力。

我還不曾把自己的玩具拿給朋友（薩頓夫婦）看，並不是因爲我想要隱瞞，而是因爲我不希望在未完成的時候，就要聽一大堆無用的建議。九月的最後一個星期六，我本來已經安排要和他們一起去天體營。由於進度落後，我在前一晚熬夜工作，然後一大早就被鬧鐘折磨人的鏘鏘聲吵醒，打算刮好鬍子和梳洗完畢，在他們過來的時候就準備好出門。我把那個討厭的東西關掉，感謝老天，在二〇〇一年，他們已經不用那種可怕的裝置了。我有氣無力地打起精神，下樓到街角的藥房，打電話給他們，說我沒辦法去，我必須工作。

電話是珍妮接的，「丹尼，你工作過頭了。到鄉下去度個週末對你有好處的。」

「我實在不行，珍妮，我非工作不可。對不起。」

約翰接過電話，「你在胡說八道什麼？」

「我必須工作，約翰，我一定要這麼做。幫我向大夥兒問好。」

我回到樓上，烤了幾片土司，煮了兩個蛋，就回到製圖阿丹前面坐下。

一小時後，他們用力敲我的門。

那個週末，我們三個都沒上山。我示範了這兩樣發明給他們看。珍妮不覺得製圖阿丹有什麼了不起（那不是女人的玩意兒，除非她自己也是個工程師），百變佩特卻讓她大感驚奇。她用一台第二代的幫傭姑娘料理家務，因此明白這台機器能做的事太多了。

但是約翰看得出製圖阿丹的重要性。我示範給他看只要敲幾個鍵，就能清楚畫出和我手寫毫無差異的簽名（我承認我曾經練習過），他的眉毛揚得更高，「好傢伙，你會讓成千上萬的製圖員丟掉工作。」

「不會的，國內工程人才不足的情形一年比一年嚴重，這玩意兒只能用來填補這個缺口。再過三十年，你就會看到這套工具出現在全國每個工程師和建築師的辦公室。要是缺了這個東西，他們就會像現代機械工少了電動工具一樣。」

「聽你說話的口氣，彷彿你知道似的。」

「我的確知道。」

他轉頭看向百變佩特（我先前設定好讓它收拾我的工作桌），再轉頭回來看製圖阿丹。

「丹尼……有時候，我會以爲你告訴我的是眞的，你知道的，就在我們遇見你的那一天的話。」

我聳聳肩，「要說這是預知力也可以……可是我眞的知道。我很確定。這很重要嗎？」

「我猜應該沒有，你對這兩樣東西有什麼打算？」

我皺起眉頭，「麻煩就在這裡，約翰。我是個眞正的工程師，而在必要的時候，也勉強算得上可以湊合的機械工，但我已經證明過我不是做生意的料子。你從來沒處理過專利法嗎？」

「我以前就說過，那是非常專門的工作。」

「你認識什麼可信又聰明的人嗎？我已經到了必須找個專利律師的地步。我也必須成立一家公司來處理這件事，還要規劃資金的問題。可是我的時間不多，我的時間非常緊迫。」

「爲什麼？」

「我要回去原來的地方。」

他坐了下來，良久不發一語。最後，他問，「有多少時間？」

「嗯，大約九星期。確切地說，從這個星期四算起，還有九星期。」

他先看了那兩台機器，再回頭看我，「你最好修訂一下時間表。要我說的話，你眼前大概還要安排九個月的工作，甚至那時也還不到生產階段——只是準備就緒，剛要開始，如果你夠幸運的話。」

「約翰，我辦不到。」

「我也會說你辦不到。」

「我是說，我不能改變我的時間表。這超出了我能掌控的範圍……目前的確如此。」我雙手掩面。我實在疲憊不堪——剛才還睡不到五小時，而且連續幾天都嚴重睡眠不足。在這種身體狀況下，我開始理解到「命運」到底是怎麼一回事——人可以奮力對抗命運，卻永遠無法戰勝它。

我抬起頭來，「你願意處理嗎？」

「咦？處理哪個部分？」

「每個部分，我能做到的都做了。」

「這可是張大訂單，丹尼，我很可能吃掉你很多錢。你很清楚，對不對？而且這傢伙是個大金礦。」

「以後會是的，我知道。」

「那你爲什麼要信任我？你還是讓我繼續當你的律師比較好，付服務費就行。」

我頭痛欲裂，試著思考。我和人合夥過一次——可是，眞要命，無論你吃過多少虧，上過多少當，你終究還是得信任別人。否則你就得躲在山洞裡隱居，睡覺時還得睜著一隻眼睛，根本不可能有什麼絕對安全的方法。光是活著，就危險得要命……最終總是會要命的。

「天哪，約翰，你知道爲什麼。你信任我。如今我又需要你幫忙。你會幫我嗎？」

「他當然會。」珍妮輕聲插嘴，「雖然我沒聽到你們兩個在談什麼。丹尼？可以叫它洗碗盤嗎？你的每個碗盤都是髒的。」

「什麼，珍妮？我想可以吧。是的，當然可以。」

「那就請你叫它去做，我想看一下。」

「我還沒設計過叫它洗碗的程式。如果妳希望我做，我會幫它設計程式。不過得用上幾個小時才能設計好。當然，從此之後，它就一定能做好。可是第一次……嗯，妳知道，洗碗這件事涉及了許多選擇。這是個『判斷』的工作，不是某種相對上簡單的例行工作，像是砌磚頭或駕駛貨車等等。」

「天哪！我實在太高興了，終於發現至少還有一個男人懂得家事。你聽到他說的話嗎，親愛的？不過，現在先別停下來教它，丹尼，這次我自己來做就好。」她看了看四周，「丹尼，你住的地方眞像豬窩——這還是比較婉轉的說法。」

說句老實話，我完全沒想到百變佩特有可能爲我工作。我一直全神貫注在它能爲別人做什麼商業上的工作，一直教它去做那些事，而我自己只是把髒東西掃到角落，或是視而不見。因此我開始教它萬能法蘭克已經學過的所有家務工作，它有這個能力，因爲和法蘭克的笨頭笨腦相比，我可是在它腦袋裡安裝了三倍數量的索氏管。

因爲約翰接下了之後的工作，所以我有時間做這些事。

珍妮幫我們打好說明書，約翰聘請了一位專利律師來協助處理專利申請範圍。我不知道約翰到底是付他現金，或是算他一份。我從來沒過問，我把整件事交給他打理，包括我們的股權應該如何分配。如此一來，我不只能放手做我專長的工作，而且我認爲，如果將一切交給他，他也不可能會像邁爾斯那樣利慾薰心。而且，老實說，我根本不在乎，金錢本身並不重要。要是約翰和珍妮不是我認爲的那種人，我只能找個山洞隱居起來。

我只堅持兩件事，「約翰，我想把公司叫做『阿拉丁自動工程股份有限公司』。」

「這名字好奇怪。『戴維斯與薩頓』有什麼不好？」

「一定得這麼做，約翰。」

「是嗎？這是你的預知力告訴你的嗎？」

「或許吧，或許。我們會用阿拉丁磨擦神燈的圖案做爲商標，燈神就飄在他頭上。我會畫一張草圖。還有一件事，總公司要設在洛杉磯。」

「你說什麼？洛杉磯太遠了。我是說，如果你希望我來經營的話，丹佛有什麼不好？」

「丹佛沒什麼不好，丹佛是個很好的城市，卻不是設立工廠的好地方。你在這裡找到一個好地點，結果某個晴朗的早晨，你一覺醒來，卻發現聯邦的領地已經跨了過來，然後你就得再去找一個新地方，重新蓋工廠。除此之外，勞工缺乏，原料得走陸路運輸，建築材料只能在黑市交易。然而，洛杉磯有太多太多的熟練工人，而且越來越多，洛杉磯是個海港，洛杉磯是……」

「煙霧呢？你要特別去吸煙霧嗎？」

「不久以後煙霧就會消失了。相信我。而且，你沒注意到丹佛也開始出現煙霧了嗎？」

「先等一等，丹尼。你已經決定你去忙你的，我來經營這個公司。行，我同意。可是在工作條件條件方面，我應該也有選擇的餘地。」

「非得這麼做不可，約翰。」

「丹尼，一個住在科羅拉多州而且精神正常的人，他才不會搬到加州去。我在戰時曾經駐紮在那兒。我很清楚。珍妮是個土生土長的加州人，但她一直引以爲恥。我不可能把她帶回去，讓她在那裡工作。在這裡，你有冬天，變化的四季，清新的山間空氣，壯麗的……」

珍妮抬起頭來，「喔，我可沒說過自己絕對不會再回去。」

「妳說什麼，親愛的？」

珍妮一直靜靜地打毛線，除非她眞的有話說，否則她不太開口。這時，她放下手上的毛線，這是個清楚的暗示。「要是我們眞的搬到那裡，親愛的，我們可以加入橡榖俱樂部，他們的露天游泳池一年四季都開放。上個週末，看到博爾德的游泳池上面結冰的時候，我就在想這件事。」

我一直待到一九七〇年十二月二日的傍晚，幾乎是最後一分鐘。我不得不向約翰借了三千元——我花在零件上面的價錢眞是令人氣憤——但我提出給他股份抵押書作爲擔保。他讓我簽了字，然後把字據撕掉，丟進廢紙簍，「等你方便的時候再還給我。」

「那得等上三十年，約翰。」

「怎麼會那麼久？」

我仔細考慮了一番。自從六個月前的那天下午，在他坦白告訴我他不相信這件事最關鍵的部分之後，他就不曾要我解釋我的整個故事——可是他卻願意擔保我進入天體營。

我告訴他，我認爲是該讓他知道眞相的時刻了。「我們應該把珍妮叫醒嗎？她也有權利知道這一切。」

「嗯……不要。讓她多睡一會兒，等你要離開再叫她。珍妮是個非常單純的人，丹尼。只要她喜歡你，她根本不在乎你是誰，或是你從哪裡來。如果我覺得讓她知道也好，我可以日後再轉告她。」

「就聽你的。」他讓我把整件事說完，只是停下來倒滿我們的杯子——我的杯子裝的是薑汁汽水。我有理由不碰酒精。等我說到我掉在博爾德郊外的山坡上那時候，我終於停了下來。「就是這樣。」我說，「不過，有一件事讓我很困惑。後來，我去查看過那裡的地形，而且我覺得自己掉下來的高度應該不到兩呎。假如他們曾經——我的意思是『假如他們打算』——用推土機把那座實驗室的地基挖深一點，我一定會被活埋。大概也會害死你們倆——更可能會把整個郡炸掉。我不知道當平面波形變回實體物質，而那地方已經有另一個物質的時候，到底會發生什麼事。」

約翰繼續抽著菸。「怎麼樣？」我問，「你有什麼想法？」

「丹尼，你對我說了一大堆關於洛杉磯——我是說『大洛杉磯』——以後會如何的事。下次見到你的時候，我會讓你知道你說的有多正確。」

「絕對正確，頂多只是一些記憶上的誤差。」

「嗯……你確實讓整件事聽起來合乎邏輯。不過，我同時認爲，你是我見過說話最合理的瘋子。這倒不會妨礙你成爲工程師……或是朋友。我喜歡你，小子。我還打算買一件新的瘋人束衣送你當聖誕禮物。」

「悉聽尊便。」

「我非得這樣想不可。如果不這麼想，就是我自己根本瘋了……而那樣可能會對珍妮造成很大的問題。」他看了一眼時鐘，「我們該把她叫醒了。如果我讓你就這麼離開，而沒向她說聲再見，她會剝了我的頭皮。」

「我也不敢。」

他們開車送我去丹佛國際機場，珍妮在閘口和我吻頰道別。我搭上十一點鐘的班機，前往洛杉磯。

十一

隔天下午，一九七〇年十二月三日傍晚，我請計程車司機在距離邁爾斯家一條街的地方放我下來，留下充裕的時間，因爲我不知道我第一次到達那裡的確切時間。我走近他家的時候，天色已經暗了，我只看到他的汽車停在路邊，於是我退後一百碼，站在一個看得見那段路的地方，在那兒等著。

抽完兩根菸之後，我看到另一輛車開過來，停下引擎，熄了燈。我又多等了幾分鐘，然後快步走過去。那是我自己的車子。

我沒有汽車鑰匙，但這可難不倒我。我老是因爲太專心研究某個工程問題，常常忘了自己的車鑰匙，所以我早就養成習慣，留一把備用鑰匙塞在後車箱的縫裡。我拿到鑰匙，爬進車子裡。我停車的地方是條輕緩的下坡路，我沒有開燈也沒有發動引擎，只讓車子滑到街角，轉個彎，然後打開引擎，但沒有開燈，再開到邁爾斯家後面的巷子，停在他家車庫的正前方。

車庫是鎖住的。我透過髒玻璃往內看，看到一件用布蓋起來的東西。從它的輪廓看來，我知道那就是我的老朋友——萬能法蘭克。

車庫門根本擋不住一個配備扳手和決心的男人——至少在一九七〇年的南加州的確如

此。我花了幾秒鐘就打開門。我花了更長的時間拆開法蘭克拆開，好讓我能一塊塊搬走，塞進車內。不過，我先檢查看看筆記和設計圖是不是在應該在的地方——果然在，於是我把它們都拿出來，丟到車內座位下，然後再來處理法蘭克。沒人會比我更清楚它是怎麼組合起來的，而且既然我不在乎會對它造成多少損傷，拆起來就更快速。不過，我仍然花了將近一個小時。

我剛剛把最後一件東西（輪椅底座）塞進車子後車箱，把後車箱蓋盡可能往下壓，這時我聽到佩特開始嗚咽。我在心裡暗自咒罵，沒想到把法蘭克拆開要耗掉那麼長的時間，同時，我急忙繞過車庫，跑到他們的後院。然後，這場騷動就開始了。

我想好好看著佩特奮戰的模樣，但是我沒辦法。後門開著，燈光從紗門漏出來，不過，我雖然聽得到各種奔跑、碰撞的聲音，佩特令人心寒的咆哮，還有貝麗的尖叫，但他們一直沒有進入我的視線範圍，讓我也能欣賞一下。於是，我躡手躡腳走近紗門，希望瞥見一眼大戰的場景也好。

但是紗門居然鎖上了！這是我唯一沒預料到的事。於是，我發狂似地伸手到口袋裡，爲了打開小刀，還弄斷一根指甲——然後猛力戳進門縫，把掛鉤挑開，我才剛來得及跳開，佩特就像要特技的摩托車騎上撞上柵欄一樣，一頭撞出紗門外。

我整個人跌進玫瑰樹叢裡。我不知道邁爾斯與貝麗是否曾經試圖到外面追他，不過應該不可能，要是和他們易地而處，我一定不會冒這個風險。但我太忙著拔掉身上的玫瑰刺，沒有注意到。

等到我能站起來，我就躲在樹叢後方，慢慢向房子側邊移動。我希望遠離那扇開著的門，以及從門縫漏出來的燈光。然後，等著佩特慢慢冷靜下來。我絕對不會在那節骨眼上碰他，當然更不會想去把他抱起來。我很了解貓。

每當他每次經過我面前，一面來回尋找入口，一面發出深沉的挑釁吼聲，我就會輕聲叫喚他，「佩特！過來這裡，佩特。放輕鬆點，沒事了。」

他知道我就在這裡，而且還看了我兩次，可是根本不理會我。對貓而言，一次只能有一件事。他此刻有緊急的事要處理，在這節骨眼上可沒空和爸爸重逢。但是我知道，等到他的情緒緩和下來，他就會過來我這裡。

就在我蹲在那裡等著的時候，我聽到他們的浴室有水聲傳出來，他們應該去清理自己，把我留在起居室。我突然有個恐怖的想法，要是我偷偷溜進去，割斷無力地坐在沙發上的我的喉嚨，會發生什麼事情？但我忍住了，我還沒有好奇到那種程度，而且用自殺的方式來做實驗未免太極端，雖然這種狀況的邏輯實在令人好奇。

不過我一定想不出答案。

此外，不管有任何目的，我也不想進去裡面。我可能會撞見邁爾斯——而我可不想跟一個已經死去的人打交道。

佩特終於停在我前面，在距離我三呎外的地方。「喵？」他說——意思是，「我們回去，把這筆帳掃乾淨。你攻上盤，我攻下盤。」

「不行，表演結束了。」

「喵噢，來吧！」

「該回家了，佩特。過來丹尼這裡。」

他坐下來，開始清理自己。等到他抬起頭來，我向他伸出雙臂，他就跳進我懷裡。「喵哇？」（意思是，「這場混亂開始的時候，你到底在哪裡？」）

我抱著他走回到車子，把他扔上司機座，車內也只剩下這裡有空位。他嗅了嗅放在他的老地方的破銅爛鐵，面有怒色地環視四周。「你得坐在我大腿上。」我說，「別再挑剔了。」

我們開上街之後，我才打開車燈。然後我轉向東，前往大熊湖的女童軍營。在最初的十分鐘車程，我已經扔掉了許多法蘭克的零件，足夠讓佩特可以坐上他的老地方，總算可以坐得舒服點了。等到又開了幾哩路，我終於把腳下的空間清出來，於是我停下來，把筆記和設計圖一古腦兒塞進洩洪排水道。至於輪椅底座，我一直等到我們眞正進入山區才丟掉它，聽著它掉下深不見底的河谷時發出的悅耳聲響。

大約清晨三點鐘，我把車開到轉入女童軍營的叉路再過去一些的汽車旅館。我付了遠遠超出行情的價錢去住小木屋——佩特差點破壞了這件事，因爲在旅館主人出來的時候，他剛好伸出貓頭，想要發表意見。

我問他，「從洛杉磯來的晨間郵件什麼時候會到這裡？」

事。」

「直升機七點十三分準時進來。」

「很好，可以七點鐘叫醒我嗎？」

「先生，在這個地方，如果你能睡到七點，你就比我還厲害了。不過我會特別註記這件事。」

不到八點鐘，佩特和我已經吃過早餐，而我也沖過澡、刮完鬍子了。我在陽光下仔細檢查佩特，判斷昨晚那場大戰並沒讓他受傷，頂多只有一兩塊瘀血。我們結帳離開，然後我把車開進女童軍營的私有道路。山姆大叔的郵務車就在我前方轉進去，我相信今天是我的好日子。

我這輩子從來沒看過那麼多小女孩。她們像小貓那樣飛快奔跑，穿著綠色制服的女孩看起來都差不多。從我身邊經過的女孩都想要看看佩特，不過她們都只是害羞地盯著他看，並沒有靠過來。我去到一間漆著「營本部」字樣的小屋，找到另一個穿著制服的女童軍，不過她絕對早已不是女童。

她對我理所當然起了疑心。無論哪個陌生男人想要找剛剛長成大女孩的小女孩，都應該受到懷疑。

我告訴她，我是那孩子的叔叔，名叫丹尼爾．B．戴維斯，我有個口信要帶給那孩子，是關於她家人的消息。她抬出標準答案，除了父母以外的訪客，只有在父親或母親的陪伴下才允許探視，而且，探視時間要到四點鐘才開始。

「我不是想探望菲德瑞嘉，但是我必須把這口信帶給她。事情很緊急。」

「如果是那樣，你可以把消息寫下來，等到『韻律遊戲』結束，我就會轉交給她。」

我露出沮喪的表情（也的確很沮喪），「我不想那麼做，親口告訴那孩子會比較好。」

「家裡有人去世嗎？」

「倒不是，不過是家庭問題，沒錯。可是，對不起，女士，這實在不方便對別人講，事情和我侄女的母親有關。」

她開始有點動搖，卻仍然猶豫不決。這時，佩特加入討論。我用左臂托住他的下半身，他的胸部則安放在我的右手上。我不想把他留在車子裡，而且我知道瑞琪也會想見他。他可以容忍我這樣抱他一段時間，但這時他開始覺得厭煩了。「喵咕？」

她看著他，「他眞是個乖小子。我家裡也有一隻虎斑貓，可能和他是同胞兄弟。」

我嚴肅地說，「他是菲德瑞嘉的貓。我不得不帶他來，因爲……嗯，我非帶他來不可。家裡沒人照顧他。」

「喔，可憐的小傢伙！」她搔搔他的下巴，感謝老天，她做得很正確，而佩特也欣然接受（再次謝謝老天），他伸長頸子，閉上雙眼，一付很舒服的模樣。如果他不喜歡陌生人的示好方式，他就會採取主動攻擊。

那位小女孩守護者告訴我，到營本部外面樹下的一張桌子坐下。那個地方夠遠，可以讓人談些私人的事情，但仍然在她的監視範圍內。我謝謝她，就到那裡等著。

我並沒看到瑞琪走過來。我只聽到喊叫聲，「丹尼叔叔！」我才一轉身又聽到一聲，「你也把佩特帶來了！喔，眞是太棒了！」

佩特發出一陣長長的咕嚕聲，從我懷裡跳到她懷裡。她俐落地接住他，重新換了個他最喜歡的懷抱姿勢，他們有幾秒鐘的時間沒理會我，只是交換著貓族的招呼方式。然後，她抬起頭來，嚴肅地說，「丹尼叔叔，我眞高興你能來。」

我沒有親她，也沒碰她。我從來就不是那種愛和小朋友摟摟抱抱的人，而瑞琪是那種能躲就躲，躲不過只好勉強忍受的小女孩。我們是在她六歲的時候認識的，從那時起我們的關係就是建立在對彼此的尊重，體認到彼此都是獨立個體。

我看著她。骨節突出的膝蓋，瘦得像根繩子，長高得很快，卻還沒來得及豐滿起來，她不像小時候那麼漂亮。她穿著圓領衫和短褲，加上曬傷脫皮、擦傷、瘀傷，還有不少泥巴（不難理解），眞的毫無女性魅力。我知道她長大之後的女人模樣，而她這時就像那模樣的草圖。她有對嚴肅的大眼睛，而她沾了污泥的臉蛋也露出帶著淘氣的美感，總算稍微減輕青春期前的尷尬醜樣。

她看起來眞是可愛。

我說，「瑞琪，我也非常高興能來這裡。」

她用奇怪的姿勢，吃力地以一隻手臂抱著佩特，另一隻手伸到鼓起的褲袋裡，「我也非常意外。我剛剛才接到你寫的信——他們叫我去拿信，我根本還沒有時間看。信上說你今天會來嗎？」她把信拿出來，由於塞進的口袋太小，信封已經發皺了。

「沒有，瑞琪，信上是說我要離開了。但是在我寄出去之後，我決定還是親自過來說再見。」

她露出淒涼的表情，垂下了雙眼，「你要離開？」

「是的，我會解釋的，瑞琪，但是說來話長。我們先坐下來，我再把事情告訴妳。」於是我們坐在黃松樹下的野餐桌兩側，然後我開始講話。佩特趴在我們中間的桌子上，前爪壓著那封壓皺的信，像個獅形紙鎮，發出低沉的嗡嗡聲，彷彿鑽進苜蓿花深處的蜜蜂，同時心滿意足地瞇起了眼睛。

聽到她說知道邁爾斯和貝麗已經結婚，我鬆了一大口氣——我不知道該怎麼向她透露這件事。她抬頭看了我一眼，就立刻低下頭去，面無表情地說，「是的，我知道。爸爸寫信告訴我了。」

「喔，我明白了。」

她突然露出堅強的表情，一點都不像個孩子。「我不會回去那裡了，丹尼，我絕對不肯回去。」

「可是……聽我說，瑞琪，我知道妳的感受。我當然也不希望妳回去那兒——如果我做得到，我會親自帶妳走。可是妳不可能不回去吧？他是妳的父親，而且妳也只有十一歲。」

「我不必回去。他不是我的親生父親，我奶奶會來接我。」

「什麼？她什麼時候會來？」

「明天，她得從布洛里開車上來。我寫信給她，告訴她這件事，也問她我能不能去和她一起住，因爲有『她』在那兒，我就不想再和爸爸住了。」這個代名詞裡包含的蔑視，比起成年人褻瀆的話語更甚。「奶奶回信給我，說如果我不想，我就不必住他那裡，因爲他從來不曾正式收養我，而且奶奶才是我的『監護人』。」她面有憂色地抬起頭來，「是這樣沒錯，對不對？他們不能強迫我？」

我感到一陣寬慰。我一直想不出辦法，困擾我好幾個月的一個問題，就是要如何讓瑞琪遠離貝麗的毒爪——嗯，兩年，幾乎是兩年的時間沒錯。「要是邁爾斯從來不曾正式收養妳，瑞琪，只要你們採取堅定的立場，我相信妳的奶奶可以解決這件事。」然後，我皺起眉頭，咬了咬下唇，「不過，妳明天可能會有一點麻煩，他們可能不肯讓妳跟她走。」

「他們要如何阻止我？我只要跳上車離開就行了。」

「事情沒那麼簡單，瑞琪。這些管理童軍營的人，他們必須照規定辦事。妳爸爸——我是說邁爾斯——邁爾斯把你交給他們，他們就不會把妳交給除了他以外的任何人。」

她噘起下唇，「我不會跟他走的，我要跟奶奶走。」

「嗯，那我就告訴妳一個簡單的方法。假如我是妳，我不會告訴他們我會離開營隊，我只會告訴他們，奶奶想帶妳開車出去兜風——然後一去不回。」

她放鬆了一些，「好。」

「對了……不要打包行李，或是帶任何東西，不然他們會猜出妳想做什麼。除了身上穿的之外，不要帶任何衣物。如果有錢，或是妳眞正想要帶走的東西，就放進妳的口袋裡。我想，妳應該沒帶太多什麼重要的東西來，放著也沒關係吧？」

「應該是沒有。」可是她露出遺憾的表情，「我有一件全新的泳裝。」

要怎麼向一個孩子解釋，有時候妳就是必須放棄妳的家當？不可能的——他們可能回到著火的建築物，只爲了救回一個洋娃娃或是大象玩偶。「嗯……瑞琪，請妳的奶奶告訴他們，她打算帶妳去箭頭鎮一起游泳……然後她會帶你去那裡的旅館吃晚餐，但是她會在熄燈就寢之前送妳回來。那麼妳就可以帶著妳的泳裝和一條毛巾，但其他東西都別帶。妳的奶奶會幫妳撒點小謊嗎？」

「我想會吧。嗯，我相信她會的。奶奶常說人們不得不說些無傷大雅的謊言，要不然人們會無法忍受彼此。不過這種小謊言要用在適當的地方，絕對不能濫用。」

「妳奶奶是很明理的人呢，妳也要照著做喔。」

「我會照做的，丹尼。」

「那就好。」我拿起那封壓扁的信封，「瑞琪，我說過我必須離開，我必須離開很久很久。」

「多久？」

「三十年．」

她的大眼睛睜得更大。對十一歲的孩子來說，三十年不是很久而已，根本就是一輩子。我又說，「對不起，瑞琪，可是我非去不可。」

「爲什麼？」

我實在無法回答這個問題。眞正的答案令人無法相信，但實在又不行說謊。「瑞琪，這實在太難解釋了。可是我非去不可，我必須去。」我猶豫了一下，又說，「我要去冬眠。冬眠——妳知道我的意思吧。」

她知道。孩子比成人更快習慣新觀念，冬眠是個熱門的漫畫主題。她露出驚慌跟反對的表情，「可是，丹尼，我再也見不到你了！」

「不，妳會的。雖然還要很久，可是我一定會再見到妳，佩特也會。因爲佩特會和我一起去，他也要去冬眠。」

她看了佩特一眼，露出無比哀戚的表情，「可是……丹尼，你爲什麼不乾脆和佩特來布洛里，和我們一起生活呢？那一定會更好的。奶奶會喜歡佩特，也會喜歡你的——她說，家裡有個男人最能讓人安心了。」

「瑞琪……親愛的瑞琪……我非去不可。請妳不要再讓我煩惱了。」我撕開信封。

她的臉色轉為憤怒，下巴開始顫抖，「我認為那女人和這件事一定脫不了關係！」

「什麼？如果妳是說貝麗，她和這件事無關，眞的無關。」

「她不會和你一起冬眠嗎？」

我想我當時渾身顫抖了一下，「老天爺，當然不會！我躲她都來不及。」

瑞琪的怒氣似乎稍微消了一點，「我眞的很氣她，我也為了她的事，對你超生氣。」

「對不起，瑞琪。我眞的很對不起。妳是對的，我錯了。可是她和這件事毫無關係，我和她之間已經完了，永遠永遠完了——我對天發誓。我要跟妳談談這件事。」我拿起自己剩下的幫傭姑娘的股票，「妳知道這是什麼嗎？」

「不知道。」

我解釋給她聽，「我要把它留給妳，瑞琪，因為我要離開那麼久，所以我希望妳收下。」

我把先前寫好要轉讓給她的字據拿出來撕掉，然後把碎片塞進口袋，我可不能冒這個風險——貝麗要把這張字據從其他文件裡抽出來實在太容易了，我們還沒脫離危險。我仔細端詳股票背面的標準轉讓表格，努力思考如何處理美國銀行的信託……「瑞琪，妳的全名是什麼？」

「菲德瑞嘉．維姬妮亞。菲德瑞嘉．維姬妮亞．根特利，你不是知道嗎？」

「眞的是『根特利』嗎？妳不是說邁爾斯沒有正式收養妳嗎？」

「自我懂事以來，我一直是瑞琪．根特利。可是我眞正的姓是我奶奶的姓……也就是我生父的姓——韓尼克。不過從來沒人那樣叫我。」

「從此以後就會有了。」我寫下「菲德瑞嘉．維姬妮亞．韓尼克」，再加上一句「在她二十一歲生日時再轉讓給她」，這時我不禁脊背發涼——我的原始轉讓書根本無效。

我開始簽字，同時注意到那位監視者正從辦公室探頭出來。我看了看手表，發現我們已經談了一個小時，我的時間越來越緊迫。

但我希望完全處理好這件事，「女士！」

「什麼事？」

「這附近會不會剛好有公證人？還是我得到村子裡去找？」

「我自己就是公證人，你有什麼要求？」

「喔，太好了！天助我也！妳帶著印章嗎？」

「我到哪裡都會帶著它。」

於是，我當著她的面簽下姓名，而她以特例處理，寫下了（瑞琪保證她認識我，以及佩特無言的證詞，證明我是值得尊敬的貓族友好聯盟成員）寫下了長長的「……我個人認識自稱丹尼爾・B・戴維斯的人物……」的主旨。等到她在我的簽名和她自己的簽名上方蓋章後，我終於鬆了一口氣。看看貝麗有什麼方法來修改這份文件！

她好奇地看了一下文件，但沒說什麼。我嚴肅地說，「悲劇無法挽回，但這會在孩子的教育上幫上忙。」

她沒有收下公證費用，轉身走回營隊辦公室。我轉頭看著瑞琪，「把這個交給妳奶奶，請她拿到美國銀行的布洛里分行，其他的事就交給他們。」我把文件放在她面前。

她沒有碰那份文件，「這很值錢，對不對？」

「的確值錢，以後會更值錢。」

「我不要。」

「可是，瑞琪，我要妳留著它。」

「我不要，我不要拿。」她的眼中充滿淚水，聲音變得尖銳。「你這一去就是一輩子……你再也不會在乎我了。」她哽咽地說，「就像你和那女人訂婚的時候一樣。你什麼時候才能帶著佩特，過來跟奶奶和我一起生活。我不要你的錢！」

「瑞琪，聽我說，瑞琪。來不及了，即使我想要，也拿不回來了，它已經是你的了。」

「我不在乎。我永遠也不會去碰。」她撫摸著佩特，「佩特不會丟下我……可是你卻要逼他離開。現在，我連佩特也見不到了。」

我自己的聲音也帶著不安，「瑞琪，妳想再見到佩特……還有我嗎？」

我幾乎聽不見她的聲音，「我當然想，可是我見不到了。」

「可以的。」

「咦，那要怎麼做？你說你要去冬眠……三十年，你說的。」

「我是要去，我非去不可。可是，瑞琪，妳可以這麼做，做個乖女孩，跟奶奶一起生活，去上學——讓這筆錢越積越多。等到妳二十一歲的時候——如果妳還想見到我們——你就有足夠的錢進行冬眠。等妳醒來的時候，我會在那裡等著妳。佩特和我都會等著妳，我很認眞地答應妳。」

瑞琪的表情變了，但她仍然沒有笑容。她思考了很久才說，「你眞的會等我？」

「是的，不過我們必須約好日期。如果妳要這麼做，請照我說的話做。妳去找大都會保險公司安排，而且要他們安排妳會在河畔市的河畔護眠中心冬眠……然後妳要指示他們在二〇〇一年五月一日當天把妳叫醒。我會在那裡等著你。如果妳希望在妳張開眼睛的時候我會在場，妳也必須留下指示，否則他們會要求我留在等候室——我知道那家護眠中心，他們很嚴格。」我拿出一個在我離開丹佛之前就準備好的信封，「妳不必把這一切都記下來，我都幫妳寫好了。只要留著這張紙，等到妳二十一歲生日那天再下決定。不過妳可以確定，佩特和我會在那裡等著妳——不管妳會不會出現。」我把事先準備寫好的詳細步驟放在股票證書書上。

我以爲自己已經說服她了，但她兩樣東西都沒碰。她盯著那兩樣東西看了一會兒，然後說，「丹尼？」

「怎麼了，瑞琪？」

她不肯抬起頭來，只是壓低了聲音說話，聲音細微得我差點聽不到，但我的確聽到了。

「如果我照做……你會和我結婚嗎？」

我彷彿聽到雷鳴，眼前彷彿有強光閃爍，但我提高音量鎮定地回答，「是的，瑞琪。我就是希望和妳結婚，所以才這麼做。」

❖ ❖ ❖

我還有一樣東西要留給她，一個預先準備好的信封，上面寫著「在邁爾斯·根特利死亡時才可開啓」。我並沒向她解釋，我只告訴她把這信封收好。裡面是貝麗的個人歷史、婚姻紀錄等等各方面的證據。只要有律師拿到這些資料，貝麗要是爲了邁爾斯的遺囑上法庭根本毫無勝算。

然後，我把我的理工學院畢業戒指交給她（我也只有這個），說這東西是她的了，我們訂婚了。「妳戴起來太大了，不過妳可以留著。等妳醒來的時候，我再買一個給妳。」

她把戒指緊緊握在手中，「我不要另外一個。」

「我知道了。好了，該向佩特說再見了，瑞琪。我得走了，連一分鐘也不能耽擱。」

她擁抱了一下佩特，然後把他交還給我，堅定地直視我的雙眼，但她淚水直流，在臉上留下幾道清楚的淚痕。「再見，丹尼。」

「再見，瑞琪。我們一定會再見的，我和佩特會等著妳。」

❖　❖　❖

等我回到村子裡，已經是十點十五分了。我發現有一架公共運輸直升機會在二十五分鐘後起飛前往市中心，於是我找到村裡唯一的二手車賣場，做了有史以來最快的交易，讓我的車子以半價脫手，只爲了立刻將現金拿到手。剩下的時間只夠讓我偷偷將佩特帶進公共直升機（暈機的貓會讓他們大驚小怪），我們抵達互助保險的包爾的辦公室時剛好十一點。

包爾非常困惑，因爲我解除了原本讓互助保險爲我處理財產的契約，聽到我遺失文件後，更是把我訓了一頓，「我不可能請同一位法官在二十四小時內審核兩次你的冬眠文件，這實在太不尋常了。」

我向他揮舞著大鈔，「不必對我發脾氣了，你到底要不要做我的生意？如果不做，就直說，那我就上樓去找中央谷。因爲我今天就要冬眠。」

他雖然依舊怒髮衝冠，但還是讓步了。聽到我要在冬眠期間加上六個月，他又開始發牢騷，也不想保證醒來的確切日期。「合約上通常會寫『加或減』一個月，總是要考慮管理上的偶發事件。」

「這一份不會。這一份要寫二〇〇一年四月二十七日，但我不在乎最上面寫的是『互助』或『中央谷』。包爾先生，我有東西要買，而你有東西要賣。如果你沒有我想要買的東西，我就到別的地方去買。」

他更改合約，我們兩人都在上面簽了字。

十二點整，我到他們的體檢醫師那裡接受最後的檢查。他看著我，「你很清醒嗎？」

「像法官一樣清醒。」

「光說是沒有用的，我們來瞧瞧。」他仔細檢查我，幾乎就像他「昨天」做的那樣仔細。最後，他放下手上的橡皮錘，「我太意外了，你比昨天的狀況好太多了，眞是令人驚奇。」

「醫師，你不知道我有多努力。」

我抱著佩特，哄著他，好讓他們爲他注射第一支鎮靜劑。然後，我躺下來讓他們爲我處理。我想我其實可以多等一天，甚至更久，也不會有什麼差別——可是我眞的急著想回到二〇〇一年。

大約下午四點鐘的時候，佩特的頭無力地靠在我的胸口，我心滿意足地睡去。

十二

這次的夢境比較愉快。我唯一記得的噩夢還不算太差，只是永無止盡的挫折。那個夢很冷，我全身顫抖著到處遊蕩，穿過許多分岔的回廊，把看到的每一扇門都打開試試，以爲下一扇門一定是「夏之門」，而瑞琪就在門的另一邊等著。佩特常常「忽前忽後」絆住我的腳步。貓都有那種讓人討厭的習慣，相信自己絕對不會被踩到或踢到，然後在人的兩腳中間鑽前鑽後。

每次打開一扇新的門，他就會鑽到我雙腳中間，看看門外，發現外面還是冬天，他就會身子一轉，差點把我絆倒。

但我們兩個始終相信，下一扇門一定是正確的門。

這次，我很輕鬆地醒過來，沒有陷入混亂——事實上，我只想要一份早餐、《大洛杉磯時報》，卻不想要和人閒聊的態度，讓醫師有些困惑。我沒必要向他解釋這是我的第二次冬眠，因爲他一定不會相信我。

有一張紙條在等著我，上面的日期是一個星期前，是約翰寫的。

親愛的丹尼：

好吧，我放棄。你是怎麼做到的？

我遵守你不能見面的要求，雖然珍妮百般不願。她向你問候，也希望你別過太久才來找我們——我試著向她解釋，說你應該會忙上好一陣子。我們兩個都很好，不過我以前能跑著去的地方，現在得用走的。而珍妮則比以前更美麗。

你的老朋友　約翰

又：如果信封裡的錢還不夠，只要打個電話來就行了——反正我們多得很。我想我們做得相當不錯。

我本來想打電話給約翰，一方面是打個招呼，一方面是告訴他我在睡覺時的靈光一閃——這個玩意兒可以把沐浴從日常雜務變成一種樂趣。但我決定先不去找他，我還有其他事情要辦。我趁著記憶猶新，趕快做了筆記，然後多睡一會兒——佩特躺在我懷中，貓頭鑽進我的胳肢窩裡。眞希望我能治好他這個毛病！雖然很舒服，但也很擾人。

四月三十日星期一，我辦了出院手續，前往河畔市，在老舊的飯店要了個房間。他們對於帶貓進房間正如我預期得大驚小怪，而且機器侍者對於賄賂也沒有反應——實在算不上什麼改進。但是客房副理的神經突觸比較有彈性，只要你說服力夠，他就會聽你的。我整夜都沒睡好，因爲我實在太興奮了。

隔天早上十點鐘，我去找河畔護眠中心的主任，向他自我介紹。「藍西醫師，我名叫丹尼爾・B・戴維斯。你們這裡有一位名叫菲德瑞嘉・韓尼克的客戶嗎？」

「請先出示你的身份證明。」

我給他看了一九七〇年在丹佛核發的駕駛執照，以及「森林草地護眠中心」發給我的「出眠證明書」。他看了看這兩份文件和我本人，就把它們還給我。我焦急地說，「我想她預定在今天出眠，她是不是留下任何指示允許我在現場呢？我不是例行處理階段，是指她接受覺醒處理後，在她覺醒，恢復意識瞬間的現場。」

他噘起下唇，露出法官似的表情，「這位客戶留給我們的指示裡，並不是在今天把她叫醒。」

「不是嗎？」我陷入失望和痛苦之中。

「不是，她實際上是這麼指示的，她並沒說必須在今天醒來，而是希望等到你出現，否則不要叫醒她。」他仔細打量我，終於露出笑容，「你的心地一定非常善良，因爲我實在看不出你有什麼令人如此傾心的美貌。」

我歎了口氣，「謝謝您的恭維，醫師。」

「你可以在大廳裡等，或是待會兒再回來，我們至少還要兩小時才用得到你。」

我回到大廳，接了佩特，帶他出去走一走。我先前把他放在新的旅行袋裡，留在大廳——他不太滿意那個袋子，雖然我盡可能找到很像他原來用的那一個，也前一天晚上安裝了一個單向觀景窗，大概是味道還不對吧。

我們經過那家「眞的很不錯的地方」，但是我並不餓，雖然我沒吃太多早餐——佩特吃掉了我的蛋，卻不肯吃酵母義大利麵。十一點三十分的時候，我又回到護眠中心，他們終於讓我進去看她。

我只看得到她的臉，她的身體被蓋住了。但那是我的瑞琪，成長為成年女性的瑞琪，看起來就像是熟睡的天使。

「她目前正在覺醒前狀態。」藍西醫師輕聲說，「請你就站在那裡，我現在要叫她起來。呃，我想你最好把那隻貓放到外面。」

「不行，醫師。」

他本來想說些什麼，又聳了聳肩，轉身回去處理病人，「醒過來，菲德瑞嘉。醒過來，妳現在該醒來了。」

她的眼皮顫動了一下，睜開雙眼，眼神遊移了一下子，然後看到了我們，露出睡眼惺忪的微笑，「丹尼……還有佩特。」她伸出雙臂——我看到她的左手大拇指上戴著我的大學畢業戒指。

迎。

佩特喵喵叫個不停，跳到床上，肩膀開始瘋狂地摩擦著她的身體，表現出無比熱情的歡

❖ ❖ ❖

藍西醫師希望她多留一晚，但瑞琪說什麼也不願意。於是，我叫了一輛計程車直接開到門口，我們就飛奔前往布洛里。她的奶奶在一九八〇年去世，那裡也沒什麼人認識她了，但她還有一些東西（主要是書）放在那裡。我請人把東西送到阿拉丁，轉交給約翰・薩頓。家鄉的變化讓瑞琪有一點眼花撩亂，她一刻也不肯放開我的手臂，但她卻不曾有冬眠後可能發生的嚴重鄉愁。她只想儘快離開布洛里。

於是我叫了另一輛計程車，疾駛到優瑪。我在郡文書處用工整的字體簽下我的全名「丹尼爾・布恩・戴維斯」，因此不可能有人懷疑，到底是哪個D・B・戴維斯設計了這個畢生的傑作。幾分鐘後，我站在那裡，緊握住瑞琪的小手，哽咽著說，「我，丹尼爾，與妳，菲德瑞嘉結為夫婦……至死不渝。」

佩特是我的伴郎。至於證婚人，我們就在法院大樓隨便抓了幾個湊數。

❖ ❖ ❖

我們立刻離開優瑪，飛快前往土桑市附近的一座度假農場，我們租了一間遠離主屋的木屋，配備了勤勞夥計，幫忙收送東西，因此我們不需要見到任何人。佩特和原本是農場老大的公貓打了一場值得紀念的大戰，因此我們只得讓佩特留在屋裡，或是監視他，這是我唯一的煩心事。瑞琪把結婚當成好像是她發明的，而我呢，嗯，我有瑞琪。

❖ ❖ ❖

除此之外，沒什麼好說的了。利用瑞琪的幫傭姑娘股份（她是最大股東）表決權，我讓麥克比當上「榮譽研究工程師」，升恰克為總工程師。約翰是阿拉丁的老闆，但一天到晚嚷著要退休——也不過是嚷嚷而已。他和我還有珍妮掌控公司，他對於發放優先股權非常謹慎，同時採用債券融資。兩家公司的董事會我都沒有掛名，我不參與經營，兩家公司也彼此競爭。競爭是好事——達爾文對競爭非常重視。

至於我，我只是「戴維斯工業」的老闆。有間製圖室、一個小工廠，加上一個老派的機械技師，他認為我很瘋狂，但做出來的東西與我的設計圖絲毫不差。我們只要一完成某件東西，我就去申請專利。

我找出我為特維契做的筆記，然後我寫信告訴他我成功了，也利用冬眠回來……並且因為「懷疑」他而低聲下氣地道歉。我問他，在我寫好以後，他是否願意看看書稿。他一直沒回信，我猜他仍然在生我的氣。

但是我眞的在寫這本書，而且我會把書送到所有的大型圖書館——即使我必須自費出版。這是我欠他的，我欠他的不止這些。多虧了他，我才能擁有瑞琪，還有佩特。我打算把這本書叫做《埋沒的天才》。

珍妮與約翰看起來好像永遠不會老。幸虧有老人醫學、新鮮空氣、陽光、運動，以及無憂無慮的心靈，珍妮比以前更漂亮，而她已經……嗯，我猜大概是六十三歲。約翰認為我「只是」有預知能力，卻不想親眼看看證據。我試著向瑞琪解釋，我是怎麼辦到的，卻讓她心煩意亂。因為我告訴她，在我們去度蜜月的同時，有另外一個我其實也在博爾德，而在我去女童軍營看她的同時，我也躺在聖菲曼多谷，被打了藥，陷入昏睡狀態。

她的臉色一陣青一陣白。我說，「我們來假設一下。當妳用數學的角度來看，一切都是合乎邏輯的。假設我們拿一隻天竺鼠——白色，有棕色斑點的那種。我們把他放在時間籠，把他丟回一個星期前。但是一個星期前，我們發現他早就在那裡，所以在那時候，我們就把他和他自己一起放在籠子裡。那麼，我們就有了兩隻天竺鼠……但實際上只有一隻天竺鼠，其中一隻就是一星期後的那一隻。因此，當你抓到其中一隻，把他丟回一星期後……」

「等一下！哪一隻？」

「哪一隻？從頭到尾就只有一隻啊。你當然是抓年輕一星期的那隻，因爲……」

「你剛才說只有一隻，然後又說有兩隻。然後你又說這兩隻其實是同一隻。你打算抓兩隻的其中一隻……可是明明只有一隻……」

「我正試著要解釋爲什麼兩隻會是一隻，假如你抓了比較年輕的那隻……」

「兩隻天竺鼠看起來一模一樣，你要怎麼分辨哪一隻年輕了一星期？」

「嗯，你可以把你要送回去的那一隻的尾巴切掉。那麼，等牠回來的時候，你就……」

「丹尼，這太殘忍了！而且，天竺鼠根本沒有尾巴。」

她好像以爲這就證明了什麼，我實在不應該試圖解釋的。

但是瑞琪才不會爲這種無關緊要的事煩惱。看到我苦惱的樣子，她柔聲地說，「過來這裡，親愛的。」她揉了揉我所剩不多的頭髮，親了我一下。「我只想要一個你，親愛的。兩個太多了，我管不過來。告訴我——你眞的很高興地等我長大嗎？」

我盡最大的努力，讓她相信我的確很高興。

但我試著提出的解釋，並沒有解釋每一件事。即使我彷佛坐在旋轉木馬上，數著自己到底轉了幾圈，但我還是漏了一件事。爲什麼我沒看到自己的出眠啓事？我指的是第二次，二〇〇一年四月的那一次，而不是二〇〇〇年十二月的那一次。我應該會看到的，我就在二〇〇一年，而且我習慣逐一確認名單。我醒來的時候（第二次）是二〇〇一年四月二十七日星期五，這消息應該會出現在隔天早上的《時報》，可是我沒看到。後來我查過，確認名單上有「D．B．戴維斯」，就在二〇〇一年四月二十八日星期六的《時報》上。

從理論的角度來看，只要一條墨線，就可能造成一個不同的宇宙，讓整個歐洲大陸消失不見。古老的「分枝時間流」和「多重宇宙」的概念是否正確？我是不是跳到了一個不同的宇宙，而它之所以不同，是因為我干涉了事情的發展嗎？即使這個宇宙裡有瑞琪和佩特，也是嗎？是不是在某個地方（或某個時間）還有另一個宇宙，佩特在其中痛苦哭號，絕望地以為自己被遺棄，然後在街上流浪，設法養活自己？而在這個宇宙裡，瑞琪根本不曾順利地和奶奶一起逃離，而是必須忍受貝麗惡意的報復行為？

報紙上的一行小字無法說明一切。或許那天我就是看漏了自己的名字，然後晚上睡得很沉，隔天早上以為自己已經看完報紙，就這麼把報紙塞進垃圾滑道。當我專心思考工作的時候，我的確心不在焉。

但是假如我真的看到了，我又會怎麼做？去護眠中心，見我自己——然後就這麼瘋掉嗎？不對，假如我真的看到自己的名字，我一定不會做出之後所做的事（對我來說是「之後」），那麼事情就永遠不會那樣發生。這種控制屬於一種負回饋的類型，具有內建的「安全迴路」。那一行油墨之所以會存在，是因為我沒有看見它。雖然我看見它的可能性很高，卻是這根本的迴路設計已經排除的「不可能」。

「無論我們怎樣辛苦圖謀，結局終究是神來安排。」《哈姆雷特》中有這麼一句台詞。

一句話裡包含著自由意志和宿命，而兩者皆爲眞。眞實世界只有一個，一個過去和一個未來。「始初如此，現今如此，後來亦如此，永無窮盡。阿們」只有一個……但這世界夠大也夠複雜，可以將自由意志和時間旅行以及其他的一切，包含在它的環節、回饋以及控制迴路當中。在這些規則之內，你可以做任何事……但你總是回到你自己的門。

我不是唯一做過時間旅行的人。佛特列舉了太多無法用其他理由解釋的案例，而安布羅斯．比爾斯（Ambrose Bierce）也是。此外，還有凡爾賽宮小特里亞農宮花園裡的那兩位女士的事情。我也有一種直覺，那位老特維契博士按下那個開關的次數，比他承認的還要多……更不必說過去或未來可能已經學到方法的其他人，但我認爲這種事不會造成太大的影響。就拿我來說，只有三個人知道我的事，其中兩個還不相信我。即使你做時間旅行，你也做不了多少事。正如佛特說的，只有在鐵路建設的時代來臨，你才可能建設鐵路。

但我怎樣就是忘不掉雷納多．文森。他就是李奧納多．達文西嗎？他眞的成功跨越大陸，並且隨著哥倫布一起回去歐洲嗎？百科全書上說，他的一生是如此這般——但他很有可能修改紀錄。我知道這是怎麼回事，因爲我也不得不做一點類似的事。十五世紀的義大利沒有社會安全號碼、身分證，也沒有指紋，所以他可以很容易蒙混過去。

但一想到他陷於孤立無援的困境，遠離他習慣的一切事物，他知道飛行、知道電力，知道幾百萬種事物，拚命畫出那些東西的設計圖，希望有人能製造出來——但注定要遭受挫折。因爲沒有先前幾百年的工藝發展，就是做不到我們今天能做的事。

比起他，希臘神話裡的代達洛斯所受的懲罰還比較輕鬆。

我曾經思考過，假如時間旅行能夠解密的話，在商業上會有什麼用途——做幾次短途旅行，隨身帶著零件，安裝可以把自己送回來的機械。但有一天你會多跳了一次，無法安排你的回程，因爲「建設鐵路」的時機還沒到。某種簡單的東西（像是某種特殊合金）也可能讓你徹底失敗。除此之外，還有非常可怕的風險，那就是不知道你會跳到未來還是過去。本來想去二十五世紀，最後卻跟一大堆怪人一起出現在亨利八世的宮廷，如此一來，帆船被困在亞熱帶的無風帶還比較好。

不行，在解決掉這些問題之前，根本不應該讓這個玩意兒上市。

但我並不擔憂「悖論」或「時代錯誤」——如果有個三十世紀的工程師眞的解決這些問題，然後設立時間旅行轉運站，進行交易的話，那是因爲造物主設計的宇宙就是這樣。祂給了我們眼睛、兩隻手和一個腦子，我們利用這些東西所做的任何事，都不可能是悖論。祂不需要好事之徒來「執行」祂的律法，祂的律法會自己執行。沒有所謂的奇跡，「時代錯誤」一詞沒有任何意義。

不過我和佩特同樣對這種哲學毫無興趣。無論這世界的眞相是什麼，我都喜歡。我已經找到我的「夏之門」，再也不會進行時間旅行了，因爲我怕下錯車站。也許我的兒子會去，如果他眞的去，我會鼓勵他往前，而不是往後。「回去」只適用於緊急狀況，未來會比過去好。縱使有那些懷舊者、浪漫主義者，以及反智主義者，但是這世界正在不斷改善，因爲人類的心智會影響環境，讓世界變得更好。使用雙手……使用工具……使用常識，再加上科學與工程。

那些瞧不起科技的知識分子，大多數連敲個釘子也不會，更不懂得使用計算尺。我很想邀請他們進去特維契博士的籠子，把他們送回十二世紀——讓他們好好享受。

不過我不會對任何人生氣，我喜歡現在。只不過佩特越來越老，肥了一點，也不大找年輕對手的麻煩了。要不了多久，他就得去進行眞正的長眠了。我衷心希望，他那勇士般的小靈魂能找到他的「夏之門」。那裡有滿山遍野的貓薄荷草原，讓虎斑貓能夠滿足。機械貓的對手可經過程式設計，打得很凶猛。但一定會輸人們會提供友好的膝蓋和小腿讓他磨蹭撒嬌，絕對不會踢他。

瑞琪也變胖了，但這是暫時而且幸福的。這讓她變得更美麗，也沒有改變她那永遠甜美的「我願意。」卻讓她有點行動不便。我正在製造一些讓事情更輕鬆的玩意兒。身爲女人實在很不方便，有些事情應該要加以改進，而且我相信確實有改進的方法。尤其是彎下身子的動作，還有腰酸背痛——我正在處理這些事情，也爲她製作了一個水床，我會去申請專利。進出浴缸也應該更簡單，我還沒解決那個問題。

至於老佩特，我建造了一間「貓廁所」，讓他在惡劣的天氣使用——全自動、自動補充貓砂、衛生而且無臭。然而，佩特是隻講規矩的貓，寧願到戶外去，而且從來不放棄他的信念，只要試過所有的門，其中一扇必定是「夏之門」。

當然，佩特永遠是對的。

解說

海萊因：科幻小說的奠基者

王咏馨

（本文涉及重要情節，未讀正文者請慎入。）

在美國科幻小說界佔有舉足輕重地位的的海萊因（Robert Anson Heinlein），出生於西元一九〇七年，畢業於海軍學院，並曾任職海軍軍官。三十多歲因病提早退伍後，才開始專職寫作科幻小說。在其近五十年的寫作生涯中（一九三九至一九八八年），共出版了十二本短篇小說集，三十二本長篇小說。所有近代科幻小說常見的情節如時空旅行、星際戰爭、外星人統治地球等都曾出現在他的創作中。由於他的小說敘事流暢，故事題材又結合（甚至預測）科技發展趨勢，影響十分深遠。許多新生代的科幻小說家自述都是看他的作品長大的，無形中也就內化海萊因式的寫作框架，成爲其日後創作改寫或批判的基礎。此外，他的高人氣也大幅拓展了科幻小說的讀者群，使科幻小說不但吸引普羅大眾，也吸引學院內的文學研究者作爲研究的主題。有趣的是，在他出版一系列星際探險的小說後，不只吸引大批年輕人投入太空研究的領域，他本人也成爲太空計畫的民間意見領袖。前CBS著名新聞主播華特·克朗凱（Walter Cronkite）在報導阿波羅成功登陸月球計畫的新聞時，還特別請海萊因當來賓發表個人感想。

由於海萊因創作橫跨數個世代，作品又多，研究者常把他的作品分成三個不同階段來討論。他初期的創作以短篇小說爲主，主要發表在坎貝爾（John Campbell）主編的《震撼科幻小說》（*Astounding SF*）雜誌上。故事情節多半圍繞著描述某項神奇科技裝置的發明或是主角（通常是一群男孩）的奇幻探險。無論在主題或者形式上，與當時流行的庸俗小說（pulp fiction）並無太大殊異。比較特別的地方是在他的作品中，雖然故事情節和最新的科技發明有關，但是故事中的人物經歷才是小說的重心。由於他的故事中描述科技文明對人類個體及社會所造成的衝擊與變化，使得他的作品普遍帶有社會評論色彩，而這種特質讓海萊因很快受到主流文壇的青睞，成爲一九四〇年代第一位登上主流雜誌《星期六晚郵報》（*The Saturday Evening Post*）的科幻小說家。由於他寫得勤快，很快就建立了廣大的讀者群，與當時另外兩位科幻小說作家艾西莫夫（Issac Asimov）、克拉克（Arthur Clark）齊名，被視爲是科幻小說發展黃金時代（約一九四〇年代至六〇年代）的三巨頭。

從一九四七年起到一九五八年《星際戰將》（*Starship Troopers*）出版的這十幾年間，通常歸類爲海萊因創作的第二階段。由於第一階段的部分短篇小說題材（如登陸月球）遭到大眾視爲荒誕不經，海萊因遂改以青少年爲其預設讀者，寫了一系列以他們爲主角的冒險小說（juvenile novels）。相較於美國文化中常視青少年爲荷爾蒙發達、行事衝動、不夠成熟的族群，海萊因筆下的這群青少年冒險家常是受過良好科學訓練，具有相當知識水準且性格成熟的未來領袖型人物。這些小說整體而言，對於科技發展如何改變人類生活型態有著相當樂觀的描述。另外，在這個階段的創作生涯中，海萊因也開始大量書寫時空旅行、星際戰爭及殖民等多項議題，並巧妙融合其他文類的特質，提升了科幻小說的可讀性。一九五七年出版的《夏之門》（*Door into Summer*）便把時空旅行的主題加上浪漫愛情的元素，使得小說的故事更吸引人。目前台灣對海萊因作品的譯介，包括一九五二年出版的《滾石家族遊太空》（*The Rolling Stones*），一九五七年的《銀河公民》（*Citizen of the Galaxy*）也是這一時期的作品。

海萊因在美國文化的高知名度也讓他在文學創作之外，投入更多的政治與社會運動，而他對這些公共事務的參與又影響了他的科幻小說。如果說他之前的小說已帶有說教意味，那麼他晚期的科幻小說更是激進與具高度爭論性。諸多中產階級小心翼翼避而不談的禁忌議題，例如性解放、多重婚姻、個人意志與群體意志的衝突等等，都成了他關注的焦點。以一九五八年出版的《星艦戰將》（*Starship Troopers*）及之後衍生的電影版爲例，此書雖然催生了民眾對太空探險的想像與熱情，故事中的某些片段也引發了軍國主義是否借屍還魂的揣測與批評。一九六一年出版的《異鄉異客》（*Stranger in a Strange Land*）因爲常被指定爲學校的閱讀教材流傳甚廣，成爲當時鼓吹性解放和反文化的重要推手，卻也引發了一些社會事件。一九六七年出版，描述月球人群起反抗地球殖民的精采故事《怒月》（*The Moon is a Harsh Mistress*），則是這個時期的另一本重要代表作。整體而言，這段時間雖然有幾本佳作出現，但由於小說作品成爲海萊因抒發個人理念或信仰的工具，直接影響讀者和評論者對他的接受度。

回顧海萊因的創作生涯，雖然他的科幻小說中出現大量科學名詞及各種炫目的科技新發明，但他從早年的寫作就不著重突顯這些科技新裝置本身帶來的神奇改變。相反地，他強調科幻小說的書寫應該奠基於當下的現實世界，對未來世界的可能樣貌進行合理的推論（extrapolation）及描述。「推論」一詞，也成為日後評論科幻小說的重點關鍵字。他在一九五七年科幻文學學會所發表的演講中更清楚表明：科幻小說應建構在對於未來世界的寫實性推論（speculation），而這些推論必須立基於小說家對於過去、現在歷史的理解，並深刻掌握到科學方法的本質與重要性（Easterbrook 97）。

科幻小說評論家伊斯特布魯克（Easterbrook）曾為文闡釋海萊因對科幻小說寫作立下的三個原型：第一要務是在文本中建構一個具可信度的想像空間。海萊因的文字充滿了高度的寫實性，就算是描述對五〇年代、六〇年代讀者覺得匪夷所思的登陸月球或太空旅行場景，讀者也會相信這些情節的可能性，並非天方夜譚。他常營造讀者和小說敘事者之間的親密關係，讓讀者感覺自己彷彿身歷其境，與敘事者一起進行冒險，而非躲在一旁偷窺秘密的人。第二個原型則和角色塑造有關。海萊因小說中的科學家不只是傳遞科學資訊的媒介或某種傲人科技的發明者，更是內心深處充滿許多幽微想法與感受、有血有肉的平凡人。這樣的寫法，也使得科幻小說更靠近傳統主流小說的範疇。以《夏之門》這本小說來說，雖然男主角是當代數一數二的研發高手，其所發明的家事機器人，暢銷全國，小說中令人印象深刻的反倒是他在面對合夥人及未婚妻聯手出賣時的狼狽不堪與面對忘年之愛大膽示愛的靦腆。第三個原型則和科幻小說的文字風格有關。海萊因的敘事風格簡潔有力，科技術語與日常生活對話在小說敘事中自然交替出現，敘事者得以從不同層面呈現現實的複雜性與多面向。這也使得他的科幻作品比起其他類型作家如艾西摩夫或克拉克來得豐富，也比較有文學性。

海萊因一生共得過七次雨果獎、五次星雲獎。

《夏之門》：浪漫的科幻情懷

如果可以自由穿梭過去與現在的時空，你想要做什麼？回到過去，你想扭轉命運、得到更多的名望財富？成為時代的先知？抑或只是得到佳人芳心？

一九五七年出版的《夏之門》，是海萊因眾多科幻小說中比較輕快的浪漫小品。故事主角丹尼・戴維斯年方三十，已經是個前途無量的研發天才。光憑他一個人在研究室裡獨立研發，就可設計出造福人群的各式各樣家事機器人，（如「幫傭姑娘」、「擦窗威利」等等），專職吸塵、打掃、洗碗、擦窗戶。他構思中的「萬能法蘭克」更是神通廣大，如果普及的話，很多從事服務業的人大概就要失業。不意外的，戴維斯先生符合我們對科技怪咖的刻版印象：聰明絕頂卻是個生活白癡，慘遭合夥人及未婚妻聯手背叛後，導致他心灰意冷，接受新興產業互助保險公司的迷人廣告詞「做個夢，麻煩就會消失」的召喚，準備進入三十年的冬眠。打算用時間來執行對未婚妻最殘酷的復仇計畫，畢竟再美貌的女子也禁不起時間的摧殘！

在《夏之門》中，海萊因結合當代時空背景，重新改寫自小說家威爾斯發表《時間機器》（*Time Machine*）後以來常出現在科幻小說中的時間旅行主題。出生於十九世紀末的威爾斯（H.G.Wells），曾經直接受教於赫胥黎，並受達爾文的演化論影響，對十九世紀末瀰漫的科技萬能的樂觀論調大表質疑。在《時間機器》這本小說中，敘事者獨自操控時間機器，誤打誤撞地跑到西元八十二萬七百〇一年，預備見證一個神奇進步的人類文明，卻失望地發現當時社會分成兩個階層，住在地面上的是外表光鮮亮麗，縱情享樂的埃洛依人（the Eloi），而長相醜陋的野蠻人莫洛克人（the Morlocks）則住在地面下。這個似乎是複製長久以來貧富懸殊、貴族階層與平民階層對立形態的未來社會，到了晚上，居於劣勢的莫洛克人搖身一變成了獵捕埃洛伊人爲食物的食人族。這種人吃人的恐怖景象，使得威爾斯的《時間機器》成了反烏托邦（dystopia）的經典作品之一。

所幸，不是每次時間旅行的過程都是如此驚心動魄、令人絕望。在《夏之門》中，海萊因的敘事者從未低估時間旅行的風險，只是他一心一意想要回到過去，翻轉命運，遂連哄帶騙、用盡各種手段來脅迫失意潦倒的物理天才特維契博士幫他進行時間之旅。在小說中，敘事者三次來回穿梭在一九七〇和二〇〇〇年兩個時間點。不論是快速前進到三十年後，或者再度回到三十年前，敘事者儘管歷經環境污染（戰爭蹂躪、輻射汙染）、人事變遷（收購他之前工作室的公司破產，當年出賣他的夥伴身故，他僅有的股票變成廢紙）等等衝擊，還是可以依恃他在研發上面的長才（三十年來無人可超越），改寫他的命運，完成與愛貓、愛人團聚的願望，更進而改變了未來的科技產業型態。小說中，進行時光旅行的機器成了二十一世紀最神奇有效的解圍之神（Deus ex machina），科幻小說的場景，成就了現實中絕難成功的小蝦米完勝大鯨魚的精彩故事。

在小說中，海萊因高度頌揚個人意志與自由，相信科技菁英的能耐絕非一般平庸商業體制所能侷限的主題，不但一直出現在他後來的作品，在八〇年代興起的電腦叛客小說（cyberpunk）、駭客電影中也可以看到這樣個人主義的昂揚精神。只是隨著後人類時期種種人機合體（如生化人、AI等）形式日趨精細複雜，科技失控的風險越來越高時，這些所謂身懷絕技的科技菁英是否還能握有優勢，在全球化、跨國企業的脈絡下來去自如？這恐怕是日後讀者與評論家可以再去研究的課題了。

引用書目

Easterbrook, Neil. “Robert A[nson] Heinlein.” *Fifty Key Figures in Science Fiction.* Eds. Mark Bould et al. London: Routledge, 2010. 96-101.

作者簡介

台大外文所博士，現爲高中老師，很高興有機會重溫當年學術研究的主題。

h＋w 11／夏之門

原著書名／The Door into Summer
作　　者／羅伯特．A．海萊因
翻　　譯／吳鴻
編輯總監／劉麗真
責任編輯／張麗嫻
行銷業務部／徐慧芬．陳紫晴
總 經 理／陳逸瑛
榮譽社長／詹宏志
發 行 人／涂玉雲
出 版 社／獨步文化
城邦文化事業股份有限公司
104台北市中山區民生東路二段141號5樓
電話：（02）2500-7696　傳真：（02）2500-1967
發　　行／英屬蓋曼群島商家庭傳媒股份有限公司
城邦分公司
104台北市中山區民生東路二段141號2樓
網址／www.cite.com.tw
讀者服務專線／（02）2500-7718；2500-7719
服務時間／週一至週五：09:30～12:00　13:30～17:00
24小時傳真服務／（02）2500-1900；2500-1991
讀者服務信箱E-mail／service@readingclub.com.tw
劃撥帳號／19863813
戶名／書虫股份有限公司
香港發行所／城邦（香港）出版集團有限公司
香港灣仔駱克道193號號1樓東超商業中心
電話／（852）2508-6231　傳真／（852）2578-9337
E-mail／hkcite@biznetvigator.com

馬新發行所／城邦（馬新）出版集團
Cite (M) Sdn Bhd
41, Jalan Radin Anum, Bandar Baru Sri Petaling,
57000 Kuala Lumpur, Malaysia.
Tel:（603）90578822
Fax:（603）90576622
email:cite@cite.com.my
封面設計／蕭旭芳
印　　刷／漾格科技股份有限公司
排　　版／陳瑜安
●2019年（民108）10月初版
售價330元

ISBN 978-957-9447-48-5

國家圖書館出版品預行編目資料

夏之門／羅伯特．海萊因（Robert A. Heinlein）著；吳鴻譯 . – 初版 . – 臺北市：獨步文化，城邦文化出版：家庭傳媒城邦分公司發行，民 108.10
面；　公分 . --（h+w ; 11）

譯自：The Door into Summer

ISBN 978-957-9447-48-5（平裝）

873.57　　108014663